[影]AMRITA

野崎まど

輕文學
Light Literature

目　　　錄

I. 腳本分鏡

1

穿過大學的兩排巨大路樹之後，我佇足在公布欄前方。

沒有停課通知。上頭盡是校長選舉的進展之類，我一點也不感興趣的話題。除了一張被貼出來的學生訃聞，似乎是騎車出了車禍的樣子。雖然事不關己，心情也不禁沉重了些。

然而在跨出步伐走向社團大樓的時候，我又湧現了幸福的心情。舉例來說，那就像是突然被之前就覺得滿可愛的女生約碰面時的雀躍感，而且實際上也正是這麼一回事，可說是春天降臨了。

拍攝組的畫素要說得諂媚點，就是電影系的女神。不但體態健康長相漂亮，個性也一如外貌般活潑，任誰都會對她抱持好感。再加上沒聽說過她有男朋友，因此被這樣的女生約出來，對我這個健全的二十歲男生來說，不可能沒抱任何歪念頭。

也不是事到如今才要補上個好藉口，但說到畫素最有魅力的地方，就是她的攝影技巧。

去年校慶上播放的那部由志願者拍攝的電影，說真的演員跟劇本都令人不禁苦笑，唯獨就是拍得非常好，教人讚嘆。看到不同場景間品質差距相當大的地方，就會讓我不禁臆測：除了那個技巧很差的導演堅持己見硬要放的場景之外，其他的是不是有加入畫素的執導。

而且同樣在校慶上，我也去看了她的攝影展，展示的全是帶著跟影片不同旨趣的照片。說穿了，那些照片甚至拍得比攝影組的傢伙還要好。也就是說，我得再次強調是在看見她的長相之前，就對她的技巧抱持了很高的評價。

來到社團大樓之後，好像有人正把袋裝烏龍麵從屋頂上丟下來，而在下面的人就拚命拍下那落下的模樣。看了這般摸索未來的體現，著實令人感到療癒。儘管以世人眼光看來是古怪的舉止，但這在我們井之頭藝術大學當中是滿常見的光景。不，這並不是指把烏龍麵拿來玩的浪費行徑是家常便飯，只是在藝術大學裡頭，確實比外面多了那麼點奇幻的色彩。

我來到社團大樓的樓層導覽前，確認要去的那間社辦的所在位置。沒有加入社團的我，不太常到這棟建築物來。我的目標是電影社團「Cinema Magura」。真是個缺乏清爽感的社團名稱。它就位在四樓的角落。

踏上樓梯時，我冷靜下來仔細想了想。

其實我昨天才第一次跟畫素說上話。儘管我們念同一個科系同一個學年，算得上是同學，但我是選修演員組，說真的跟拍攝組的畫素沒什麼交集。只要大一過後分別混進了自己的朋友圈，跟圈外的人就會沒什麼關連，所以就整個學年來說，也有滿多是直到畢業都記不得名字的人。

因此當久保向我介紹系上偶像畫素時，我雖然心想「喂，久保你這傢伙是什麼時候跟人家搭上關係的」，但馬上就知道他們也不過是朋友的朋友的朋友，我就原諒他了。換句話說，我跟畫素直到昨天都還是相隔了四個朋友的關係。

這麼不熟的她，又為什麼會跳過中間的三個朋友而找上我呢？一問之下，才知道畫素希望我能在她拍攝的電影中擔綱一角。

我當然馬上就答應了，甚至模擬出我們以這部電影為契機開始交往的過程。真是個美好的結局。

一長串下來，好像都是我超喜歡畫素的話題。但別看我這樣，姑且也算是個演員，因此被自己認同的人在選角時相中，我是真的很開心。

不過我也不是什麼風雲人物，實在不覺得畫素會對我的演技瞭若指掌。大概只是基於五官給人的印象，或是身形剛好符合等原因而選的吧。即使如此，能在她的攝影機前演戲，還是非常吸引人的誘因。

就結論來說，我還是超喜歡畫素。就來談一場電影般的戀情吧。就這麼辦。

2

一來到四樓的走廊，就是整排文化類別的社辦。不過依照規定，社團人數越多就越能分配到樓下的社辦，所以只要把四五樓這附近當作是人數少，又不知道在幹嘛的社團盤踞地就好了。

「Cinema Magura」就是這樣來路不明的社團之一，社辦門口跟這排其他的社辦一樣滿是塗鴉。門的下方還能看到用麥克筆畫的一條線，另一頭寫著「小津」。這大概是指攝影機的高度吧。

我敲了敲門之後，裡頭的人便將門開啟。

「歡迎你～來來，請進吧。」

一見到我，畫素便掛著滿面笑容上前迎接。這樣就夠了，就算現在立刻折返我也滿足。但這樣還是稍嫌可惜，我便入內打擾了。

社辦當中只有畫素。裡面比我想的還要整齊一些，有一張桌子跟六張椅子，其他還有白板跟電腦桌。雖然有點陽春，但也有茶水設備，感覺是個適合群聚的地方。

「請你隨便找個地方坐吧。」

畫素在流理台幫我倒咖啡。我坐在椅子上看著她的背影。

長度及肩的頭髮帶著一點褐色。彩色褲襪搭上褲裙以及帽T，這樣的打扮乍看之下滿隨意的，但這種隨意感又很自然，也是很棒。她的腳好細啊……

當我想著這種事情時，剛好和回過頭來的畫素對上眼，顯得有些狼狽。這樣不行，我似乎太興奮了，裝得酷一些吧。

畫素將咖啡放到我的眼前後，在正前方的位子坐下。

「對了，我都還沒跟你談過對吧。我想跟你詳細說明一下，今天時間上方便嗎？」

「嗯，沒問題。」

聽了我的答覆之後，畫素露出微笑。太幸福了，希望在這之後可別發生什麼不好的事。

「那要從哪裡說起才好呢……」

畫素一頁頁翻過某份資料。

「這麼說好了，就是要拍一部電影。雖然期間有點短，從今天算起大概一個半月左右。我希望可以在六月底定版，但也還沒決定好要在哪裡播放啦。」

一個半月。我覺得就自製電影來說不算太短，但所謂定版就是拍攝完成後的剪輯、配音等作業都要全部完成的意思。而且考量到還有大學的課程要上，排程應該會滿緊湊的。

「不過分鏡已經做好了，所以只要參與製作的人員到齊，馬上就能開拍喔。由於二見就是最後一個人員了，所以所以攝影期間就端看你的決定。」

那個二見當然就是指我了。她那句「所以所以」感覺也很奇怪。

「不過呢，現在就要你當場決定是否參演就太蠻橫了。如果你看過分鏡後也覺得滿有趣的話，請務必來參加。現在就可以給你，今天回去之後再看也行，總之請你先看看囉。」

「我知道了。」

「而且呢，就是～雖然我們自己講也有點奇怪，但我覺得這絕對會是一部好電影。故事內容光是看分鏡就相當引人入勝了……我真的滿心期待成品呢。」

說起腳本分鏡的事情，畫素一副事不關己的模樣。是由分鏡師做的嗎？不，說穿了，腳本又是誰寫的？

聽說是畫素要拍，又受到畫素的邀請，所以我以為是由畫素執導的。但仔細想想，關於這方面的事情我完全沒有確認過。

為了抹除心中這一絲不安，我開口問道：

「那個，這次的分鏡是誰畫的呢……」

「導演喔。」

「啊，有導演啊……」

那一絲不安成真了。

「當然有啊，畢竟我是專攻拍攝的嘛。雖然我也是有在學習執導啦，但我覺得由希望能成為導演的人來執導才是最好。」

話是這麼說沒錯。

但如此一來，問題就在於導演是誰了。

就算拍攝的技巧再好，演員的演技再精湛（我沒有多厲害就是了），導演的判斷還是會帶給電影很大的影響。畫素已經看過分鏡了，我也不懷疑她的評價能力，但還是會感到不安。

「不用這麼擔心，沒問題的啦。」

畫素有些傷腦筋地這麼說。看來是我的不安表現在臉上了。

「我想二見應該也有聽過吧，就是那個風雲人物啊。一年級的最原最早，那個天才。」

3

傍晚。

專於影片出租及販售的店家「電影院」的櫃檯空無一人。櫃檯無人的原因，當然就是我這個工讀生正在內場看電影。

當我看完這部描述發現自己是同性戀的男人所抱持的煩惱的法國電影之後，一回到櫃檯，就看見一個意料之外的人物站在那裡。正是店長。

「二見同學，你要是不站在櫃檯可不行呀。」

四十八歲的店長用可愛的口吻這麼說，可愛到讓人難以想像他是個中年大叔。大叔真可愛。

「但是店長……就算我不在，又有誰會感到困擾呢？」

「不要用那種認真的演技問這種問題嘛……這會讓我想要關門大吉了耶。」

店長在十多年前放下白領工作轉而經營的這間「電影院」，說穿了完全是做興趣的店。畢竟就開在藝術大學旁邊，確實是有影片出租店的需求，但那股需求早在幾年前就被吉祥寺的大型連鎖店給滿足了。

不過，這間店當然也是有它的優點。像是大型連鎖店不會擺放的那種冷僻電影這裡就會有，而且經典名作更是齊全到有些偏執的程度，還有電影《凶煞魚怪》也是病態般的齊全。這就像是直接將店長的腦子裝了一扇門，就此成為一間店一般，充斥著人情味的噁心店面。

可惜的是，那些在其他店家看不到的、非常吸引人的作品，都是由考古學家調查貝塚時發現的古代技術——錄影帶所保存下來，外盒還會補上「請先倒帶再歸還」這樣一句意義不明的古代語。客人似乎也都因為不明所以而卻步，因此租借生意的流動率非常低。

以前我只要經過這間店，都會想說為什麼還沒倒啊？現在實際到這間店工作之後，我更是覺得究竟為什麼還沒倒呢？但店長還是一直有在僱用工讀生，我也是拿著打工的薪水悠哉地看電影。或許幸福就是這麼一回事。

「你看了什麼呢？」

「好像叫《殺了我的戀情》。」

我拿了外盒給他看。

「有個男人喜歡上男人之後一直在煩惱的故事。片長兩小時。」

「喔~感覺是你會喜歡的那種。」

店長用有點嘲諷的表情這麼說。正如他所說的，我是喜歡沒錯。

「好看嗎？」

「嗯……我個人是覺得不錯啦，但要以大眾眼光來看就不見得了。電影本身是拍得滿好的。」

雖然同性戀這個題材比較難以親近，但在心境糾葛及愛恨心理的描寫方面，就宛如奇士勞斯基的《藍色情挑》一般細膩。我覺得電影本身的品質滿高的。所以最大的缺點果然還是在於難以親近的題材，以及床戲的比重太大吧。

不過，這肯定是我這星期看過的三部電影當中拍得最好的。不像上星期看的五部電影，就算想評論也完全不記得內容。又或許是看了六部吧。

當我努力想要回憶起不知道是看了五部還是六部的電影劇情時，店長用像是看到珍稀物品的眼神看著我。

「哦……原來二見同學也會做出這樣的評論啊。」

「咦？我那樣說很奇怪嗎？」

「不是啦，因為你平常都著重於評論演員的演技嘛。而且你喜歡的就是像這部電影這種小眾的作品啊，卻說了什麼大眾眼光，我才會嚇一跳。」

原來如此。聽他這麼一說，我自己也覺得確實沒錯。

我覺得最近自己看電影的觀點似乎有點改變了。可能是因為自己是演員的關係，至今都是關注演員演技的好壞，但最近好像會去看執導手法這種綜觀作品整體的部分。

「這樣很好喔。演員也是要考量電影的整體性，不然絕對沒辦法展現出好的演技呢。不只是演員啦，最理想的就是所有工作人員都是專家，而且也都會顧及作品整體。無論處在哪一個崗位，越是能動腦就越好。不然擺著也浪費嘛。」

店長開始談論了起來。他一提到這類話題就會講很久。我也加入討論的話，會更沒完沒了就是了。

這讓我再次體認到店長真的很熱愛電影，甚至到會經營影片出租店的程度。

「年輕人就是會想說，只要有才能，就算不多加思考也會自然得到解答，即使是立刻就能想到的點子也好，但並非如此。只有經過深思熟慮的作品才是好作品。當然，這世上或許也有不同次元的天才就是了。」

天才。

聽到這個詞，讓我下意識做出反應。

我並不是不知道天才這個詞的意思，但若要說起何謂天才，也不是隨口就能答得出來。

「店長，假如說……」

我一邊想著那個被譽為天才的一年級學生，一邊問道：

「假如有一位天才導演，你覺得他會是個怎樣的導演呢？」

「天才導演？」

重複了一次這個詞之後，店長陷入沉思。我覺得這應該滿難回答的。這本來就是個很籠統的提問。

「這個嘛……具備導演才能的人……就是很會執導的人對吧。雖然『電影導演』這個詞帶給人各式各樣的印象，但也有著監督這層意義，就跟工地督導或監考官一樣。綜觀全場，並且控管的人。」

綜觀全場，並且控管的人。

也就是負責人。

「所以具備才能的導演，就是很會綜觀全場並且控管的人。換句話說，我覺得就是很會配置人員的人吧。配置演員、安插工作人員，並以這個劇組拍出一部有趣電影的人。如果只會構思有趣的故事，那作家也能辦到，然而作家沒辦法拍電影。因此具備才能的導演，果然還是要具備能夠配置人員，並且拍成一部有趣作品的才能。我甚至覺得，無論故事還是其他大小事，要全都交給別人去思考也行。」

配置人員的才能。

聽了店長這番話，我不禁想像起素未謀面的那位天才導演。

是一年級的學生，年紀比我小。聽說不是重考，而是應屆考上的貨真價實的十八歲，跟二年級的我相差一屆。

雖然只差一屆，但要受到年紀比較小的人指使，是不是多少會覺得有點反感？還是說，只要對方是被譽為天才的導演，我也會在不知不覺間對於受到起用而感到欣喜呢？雖然現在想這些也無濟於事。

「但是啊，這只是一般而言對於具備才能的導演的定義罷了。」

當我在深思的時候，沒想到店長繼續說了下去。

「一般而言？」

「嗯……如果只是論及具備才能的導演，我認為就是我剛才說的那樣。但天才肯定又是另一回事。天才一定不是這樣。」

店長明明在跟我講話，卻已經沒有在看我了。他看著遙遠的某處，距離這裡很遠很遠的遠方。那眼神就像在看位於遙遠彼方的電影樂園。

「所謂的天才導演啊，就是能拍出超級厲害電影。過程怎樣都好，但完成的影像就是比任何作品都還要厲害。任誰都無從說明究竟有多麼厲害，所以也沒有任何人能夠模仿，但就是一部無與倫比又無從比擬的獨門電影。那想必是神所拍攝的電影吧，只是祂們喬裝成被譽為天才的人類。」

好一陣子，店長就這樣眺望著那片樂園。

4

下班之後，我在回家的路上順道繞去便利商店買宵夜。因為這間便利商店難得有擺《電影旬報》，所以我都會來捧場。

大多時候我都是站著看免錢的而已，但這個月有刊登我喜歡的演員訪談，便決定買下來。要是雜誌因為被別人翻閱過而皺皺的，感覺就有點討厭呢。我暗自想著這種自私的事情並拿起雜誌，卻完全沒有被人翻閱過的痕跡。這讓我不禁在深夜便利商店的一隅擔憂起日本電影界的未來。

回到家的時候已經超過凌晨一點了。

我把買回來的便當、飲料，還有收下的分鏡全都放在桌上。要是現在開始看，可能會一路看到明天早上，但那也不會有什麼影響。明天當然也是有課，但大學的課就是要蹺掉才會成立。再說了，要是將那點小事和比中子星更重的畫素的請託放到天秤上相比，天秤的重力一定會崩壞瓦解，太危險了，所以必須早點看過並給她一個回覆才行。但她說片長大概四十分鐘，如果只是要看過一遍，應該不會花太多時間。

我看向封面。

上頭寫著《月之海》。

這就是標題嗎？雖然是手寫字，但最原最早的字很漂亮，感覺像有學過硬筆書法那種程度。

天才——最原最早。

大一學生。

女性。

在她入學以前就已經聽過她的謠傳了。

儘管有人語帶興奮，有人口氣失落，但好幾個教授都異口同聲地表示「有個天才要入學了」。

聽教授說，她好像是參加單一技藝入學考試的考生，而送來審查的就是一支自製電影。當教授們看完之後，便決定讓她無條件錄取。

正確來講這個決定也不是全場通過，似乎也有教授氣憤地說「這種東西才不是電影」。不過換作是我，就算把高中時期拍的影片給教授們看，他們應該也只會冷笑一聲並竊笑不已而已，說真的，我很羨慕她能得到那樣的反應。

而且，她在高中時竟然還參加過日本美術展覽會還是什麼的（因為我不熟這方面的事情所以不太清楚），聽說她參展的那幅西洋畫榮獲了特優的殊榮。然後獲選的那幅畫也跟入學考試一樣評價兩極，有人稱之天才，有人評判這才不是繪畫，起了好一番爭執。

跟我說這件事情的教授給我看了當時的美術雜誌，但她刊登在上頭的得獎感言很是奇怪。「我再也不會畫畫了。因為搬運的過程太辛苦」。

這樣一個打從骨子裡就是天才的最原最早，自從四月入學到現在還沒有什麼招搖的傳聞，很是低調。其實我也還不知道她的長相。久保毫不掩飾他愛湊熱鬧的本性而跑去看了，但我正在扮演自己是個冷酷的角色因此得自制。由於久保回來後說她真心超可愛，害我也有點想重回角色選擇畫面。

也就是說。

這份分鏡是天才美少女導演最原最早的大學出道作吧。周遭的人都把她捧到這種程度，讓我不禁在開始看之前就做了過度的期待。但連畫素都這樣讚不絕口，應該不至於是太奇怪的內容吧。

一邊想著這種事情，我就翻開了封面。第一景是黑幕，接著就開始……淡入……

意識甦醒了過來。這應該是最接近這種感覺的形容吧。

我一時之間不知道為什麼眼前是自己的房間。我有記憶，我並沒有出門，所以這也是理所當然，然而我花了好幾秒才發現這個事實。

喉嚨很渴，渴得要死了。雖然為了喝水想站起身，我卻站不起來，雙腿抖個不停。

我看向放在地上的手機，顯示時間是早上九點。因為是凌晨一點開始看的，就代表我連續花了八小時在看這份分鏡。

遺憾的是，手機上顯示的日期，比我記得的日期還多了兩天。

兩天後的早上九點。

自開始看的時候算起，已經過了五十六個小時。

我茫然地環視了家裡。雖然手機告訴我已經是兩天後了，但這個家裡除了手機，並沒有其他可以告訴我時間過了多久的東西。就算看向掛在牆壁上的月曆，也沒辦法告訴我今天是幾日。

我將手抵上嘴邊思考。我本來以為手機的時間設定可能出了什麼差錯，但這個帶有一絲希望的假設卻在浮上心頭的瞬間立刻消失。

鬍子長出來了。

這可是決定性的證據。不管怎麼摸，這都不是半天就會長完的長度。手機顯示的時間正確無比，我確實在這五十六個小時當中，都持續埋頭看分鏡。

「什麼……？」

我獨自低吟了一聲。現在到底發生了什麼事？

硬是伸直了腿，讓雙腳稍微休息一下之後，我便拚命站起身來，腳步不穩地走向廚房，並大口大口地喝了水。大量的水流進胃袋之後，我也喘著粗氣。

我從廚房看向桌上。

上頭擺著那份分鏡。被持續翻閱了五十個小時以上的分鏡，邊邊角角甚至都破了。

我蒐集著記憶的片段，並再一次回想起看過的內容。

故事本身還記得。那是一個很常見，現在回想起來也覺得是個普通的愛情電影。故事引人入勝，但並不奇怪。

那麼，我為什麼會看了五十小時之久呢？這點讓我百思不得其解。我認為這個問題的答案已經超出我能理解的範疇了。

當我為了追尋解答而再次看向分鏡的封面時，總覺得那份腳本分鏡也正在看我。

於是，我就跑出了家門。

一跨上停在公寓停車場的腳踏車，我就盡全力踩著腳踏板。

我直接朝著大學而去。理由有二。一個是為了要去問畫素關於那份分鏡的事。

另一個理由，則是為了逃離恐懼。

我再也沒辦法跟那份分鏡單獨共處一室了。

5

雖然早晨的社團大樓幾乎沒什麼人，但光是還有幾個人在，就足以讓我安心。

上了樓梯之後，我走向電影社團「Cinema Magura」的社辦。

說真的，我會來到這裡也不是因為想好了什麼具體的計畫。而且現在這個時間畫素應該正在上課，不會出現在社辦吧。何況我並沒有社辦的鑰匙，也沒辦法進去裡面。

但是，跟那份分鏡有關連的就只有這裡了。

來到社辦之後，我先敲了敲門，再轉了轉門把，果不其然是上鎖的狀態。確認了曾經預想過的狀況後，我便靠上走廊的牆壁嘆了一口氣。

畫素應該要到下午才會來吧，在那之前我該怎麼辦呢？看來也只能乖乖去上課並等到下午了。但可想而知，我應該什麼內容都聽不進去。

我忽然望了走廊一圈，卻沒有任何人在。即使早晨的陽光自窗外灑落，我還是又害怕了起來。不管哪裡都好，我決定到一個有其他人在的地方。

就在這時，我聽見了一道喀嚓的聲音。

那是開鎖聲，而且肯定是從眼前這扇門傳出來的。

有人在裡面。

我緊張地縮起了身子，並緊盯著門看。只見門把緩緩扭轉，門也隨之敞開。

開門的是我沒見過的人。

她身材不高。一頭短短的黑髮在室內背光的照射下，綻放出獨特且妖媚的光澤。身上穿著輕薄的細肩帶背心及短褲，看起來就像家居服一樣。或許剛才是在社辦內睡覺吧。

我為了確認表情而看向她的臉。

她的瀏海分別以髮夾夾在兩側，因此可以清楚看到她的額頭跟眼睛。

她睜著大眼看著我，那對眼睛感覺完全沒有在動，一點偏移也沒有，只是直直地看著我。人明明就在眼前，我卻覺得像在看一張照片。

我叫了她的名字。

當然，這是我們第一次見面。

儘管如此，我還是帶著某種確信叫了那個名字。

「妳是……最原最早？」

名字被喊出聲後，她依然一動也不動，只有眼睛跟嘴露出了微笑說：

「初次見面。你是……二見遭一對吧。」

我只能勉強點頭回應，腦中一片空白。究竟要說什麼？要從什麼開始說起才好？要怎麼問……

「你看過《月之海》的腳本分鏡了嗎？」

她突然就拋來了問題。我只能點點頭。

「身體有出現什麼異常狀況嗎？」

思考實在追不上她接連而來的問題。為什麼要這麼問？也就是說，她知道那種現象嗎？妳知道自己畫的東西會讓我陷入那種狀態嗎？

「是沒有異常……只是沒吃東西。」

「這樣啊……不，因為以前也有人在看過我的腳本分鏡之後覺得身體不舒服，所以我才會有點在意。」

她撇開了視線這麼說，這讓我忍不住問道：

「請問……那份分鏡到底是什麼東西？」

「二見，你覺得愛是什麼？」

她忽視了我的問題，還拋出這樣讓人摸不著頭緒的提問。當然，我也沒辦法立刻做出回答。應該說，這種問題一般來講也答不上來吧。

「……我不知道。」我老實地這麼答道。

「你有愛過什麼嗎？」

「……這點我也不知道。不過我想……自己是愛著家人的。」

我的腦袋已經一片空白，只能照實回答。我完全掌握不到跟她對話的步調，得冷靜下來才行，我自己明明也有想問她的事情。

「你愛我嗎？」

然而，腦袋卻又回到了一片空白的狀態。

你愛我嗎？她剛剛是在問我愛她嗎？對著才第一次見面的我這樣問嗎？

「我不愛妳……呃，我們才第一次見面，就算妳對我說什麼愛……」

「我們接下來要一起拍電影。」

我的話才講到一半就被打斷，而她繼續說下去：

「電影是很美好的東西。可以透過影像傾訴一個人的人生。」

她凝視著遠方，談論起電影的美好。

電影可以傾訴一個人的人生。

在這段完全沒有交集的莫名對話中，能知道她也很喜歡電影，僅此而已。

「我們一起拍的電影……」

她重新面向我，再一次露出淺淺的微笑。

「會成為一部很棒的作品喔。」

6

下午六點。

課程結束之後，有人去打工、去參加社團、去談戀愛或是去暢飲大聊，大家都忙於自己的事情時，這次的主要工作人員全都在社團大樓四樓的「Cinema Magura」社辦齊聚一堂。

然而，只有一個人是我不認識的，也就是說，總共只有這四個人。當然，只有四個人不管怎麼說人手都不足，因此在重要的地方好像還找了幾個人來幫忙，不過主要工作人員就只有這四個人的樣子。

剛才向我介紹的兼森是拍攝組的三年級學生，也就是大我一屆的學長。雖然是做興趣的，但兼森有在從事音樂活動（在路邊彈電子琴之類），這次負責處理所有跟音樂及音響的工作。順帶一提，拍攝組除了攝影之外，也會一併學習錄音，因此學長姑且算是專攻音響。雖說專攻，大家其實都算業餘的人士。

兼森是個又高又瘦，感覺滿文靜的人。大學的電影社團中常會有些像是運動類社團那樣重視上下關係的地方，但「Cinema Magura」看起來就是典型的文化類型。這對完全是文化類型的我來說有點放心。

讓我感到在意的，大概就只有剛才第一次跟兼森見面時，他睜大雙眼驚訝地看著我的這點而已，甚至還小聲地說了「喂喂喂……」。這是怎樣？要是不管遇到誰都做出那種反應，我想應該滿有問題的。

然後今天還被畫素罵了。畢竟拍攝的期間都已經夠緊湊，竟然還失聯兩天，這也是理所當然的吧。但可能因為我穿著跟兩天前一樣的衣服現身，而且臉上的鬍子還長到很難看的關係，畫素一邊生氣，卻也不禁替我感到擔心。

不過，畫素會像這樣理所當然地生氣，是不是代表她也沒有料想到我會連續兩天都在看那份分鏡呢？

畫素看完那份分鏡是不是沒有什麼異狀？一想到可能其實只有我這樣不對勁，我就沒有坦言自己看了五十小時的事情。實在很想找個時機問她一下……不知道有沒有辦法跟她兩人獨處？不，我可沒有什麼奇怪的意思。

順帶一提，我剛才先回家一趟換了衣服，並畏畏縮縮地試著再翻開一次那份分鏡，但沒有再出現當時那樣整個意識被牽引過去的狀況。那算是僅此一次的現象嗎？但要是不只一次，也不可能用這份分鏡拍電影了。

「那麼，自我介紹也做完了……」

兼森開口說道。

「之後要怎麼做才好呢，最原？」

即使面對的是學妹，兼森對她講話還是很客氣。看來是個性格溫和的好人。

被拋到這個話題的最原轉過頭來看向他。

「請你決定吧。」

說點什麼也好吧！我不禁在內心這樣吐嘈。因為店長那番話，讓我留下「導演等同於控管全場的人」的印象，害我覺得有點沒勁。

「兼森，最原都這麼說了，你應該也懂了吧？」畫素這麼問道。

「嗯……呃，是沒錯啦，但她畢竟是導演嘛。那妳就依照慣例主持一下吧，畫素。」

「你這種說法講得好像我很愛指揮一樣耶……請你別誤會囉，二見。」

「我不會誤會啦，畫素可是天使。」

「二見，你好怪喔～」

隨便就被帶過去了。真希望她能稱讚一下我提起了小小的勇氣。

「那麼，恕我冒昧，接下來就由在下畫素負責主持。呃～那就從現況說明開始吧。器材方面是都湊齊了。由於這次沒有預算，只能放棄攝影機，用數位攝影機拍。但是！已經成功向電影研究會借到超高畫質的機型了！」

「哦哦～」

「二見，不好意思……你這麼努力做出回應讓我很開心……但另外兩個人就是這副德性……你不用勉強自己……」

看來是我力不從心。我理解到這是個非常文靜的社團了，簡直就跟銀髮族社團的每月集會沒兩樣。

「總而言之，器材非常優秀。我已經自己去試拍過了……超高畫質真的是……太厲害了……就連不想看到的東西都會非常鮮明地拍下來……不愧是惡魔的發明啊……」

畫素的表情不知道是感到厭惡還是開心，看起來滿微妙的。雖然我不知道高畫質攝影的專利掌握在惡魔手中，但真不愧是拍攝組，看來對攝影機講究的程度非同小可。

「因此，請各位演員做好心理準備。全都會拍進去，全部都會拍進去喔。無論是你們的欣喜還是悲傷，甚至誕生直至臨終都會拍進去。」

「但這次的劇本裡既沒有誕生場景，也沒有臨終場景就是了。」

忍不住就吐嘈了一句。

「如果是這台攝影機……就算沒有也會拍進去啊……」

這大概是妳的錯覺吧。

但比起這個，我對某件事有點在意，因此提出疑問。

「請問，妳剛才說了各位演員，除了我以外還有誰呢？」

「最原啊。畢竟我要拿攝影機嘛。」

什麼？也就是說……

我看向最原。

最原也發現了我的視線並回望過來，彼此就這麼默默地對視了好一陣子。我不禁露出狐疑的神情，而且畫素也發現了。

「二見真是沒禮貌呢……當人家向你介紹『要演對手戲的是這一位！』之後，竟然擺出那種狐疑的表情，神經太大條了吧。有點過分喔。」

「不，剛才那樣任誰都會露出那種表情吧……」

站出來幫我說話的兼森看起來就像天使。四個人當中就有兩個天使，這個社辦的天使比例還真高。

「但最原是導演組的吧？」我朝著她問道：「妳有演員經驗嗎？」

「沒有。」

「沒有啊……這樣沒問題嗎？」

「沒問題喔。你要看看嗎？」

來這招啊。這是當場要展現演技的意思吧。

她那種「這點事情很簡單啊」的態度讓我不禁惱火。雖然也輪不到我這個小咖來講，但演員可沒有那麼簡單。就算是天才導演，也不是一朝一夕就能辦到。

我自己也覺得對學妹講這種話太不成熟，但以牙還牙，以眼還眼，我還是不禁說道：

「好啊。就讓我看看吧。」

結果她把衣服拉到胸口給我看了內衣。

「為什麼是給我看內衣啊！」

事出突然，讓我嚇了一跳，不禁犀利地吐嘈了一句。

吐嘈之後我的心跳也加快了起來……這個女生……是怎樣啊……

「若要問我……為什麼……剛才你對我說讓我看看，我當然也知道是展現演技給你看看的意思。所以，我就想說這時要是露內衣給你看，你應該會嚇一大跳吧，於是就按捺不住了……」

「妳是怎樣……」

「對不起。」

她坦率地道歉了。

「對不起，二見……最原就是這樣的女生。」

畫素的圓場根本圓不了場。到底是怎樣的女生啊？

「但是但是，剛才那句吐嘈很犀利吧，兼森。」

「是啊，很俐落喔。二見應該有這方面的才能吧。」

就算被說有吐嘈的才能，我也不會感到坦然。

「那麼，咳嗯。就繼續說下去吧。」

畫素彆扭地輕咳了一聲，並繼續說下去。

「腳本分鏡已經完成了。大家應該都已經知道最原的腳本分鏡畫得很細，就畫面來說差不多都定案了呢。外景地也全都決定好了，就在大學附近，照明燈也有在準備了。因此，真的明天就可以直接開拍囉，二見。」

說真的，這著實令人感到訝異。拍攝自製電影時走一步算一步的狀況，無論是在高中時代還是大一的時候我都經歷過了，但這還是第一次在開拍之前就連照明都已經討論到這種程度。真不愧是畫素。

「總覺得很有幹勁呢。我至今參與的拍攝過程，幾乎都是在現場一邊拍一邊考慮如何調整，手忙腳亂的。畫素果然很厲害。看來一部優秀的影片，就是出自完整的計畫啊……」

「不不不，我沒有那麼厲害。」

「畫素這次真的很有幹勁呢。」兼森看著分鏡並這麼說：「但我也是啦。畢竟看到這麼完整的分鏡，也會格外有動力嘛。何況這也是定本最後的腳本呢……」

我從兼森口中聽見了陌生的名字。定本？雖然沒有印象，卻又覺得好像在哪裡有聽過。

倏地一看，畫素的表情變得很奇怪，一臉「糟了」的樣子。看來情況不太妙。

「畫素，妳怎麼了？」

我這麼向她問道，畫素就跟兼森面面相覷。

兼森像是理解了什麼事情的樣子。

「喔喔……這樣啊。也得說起那件事才行……」

「發生過什麼事情嗎？」我接著問。

「呃，嗯，雖然無意對你隱瞞……」

兩人的表情看起來有些傷腦筋，只有最原一個人望向別的地方。她的視線盯著窗外夕陽西沉的紫色光景。

「應該可以說吧，最原？」

兼森這麼一問，她只是回答了「可以啊」。

得到最原的許可之後，兼森便向我娓娓道來這部電影的開端，至今的前情提要。

「這部電影《月之海》是最原執導，並由她處理分鏡對吧。不過，其實寫腳本的另有其人。他叫定本，定本由來。雖然名叫由來，但他是個男的，就讀三年級的導演組，也是我的朋友……他過世了。就在兩星期前，他騎車出了車禍。你有在公布欄看到訃聞嗎？現在應該還貼著吧。那真是一起不幸的車禍……雖然是跟車子互撞，但完全是對方的過失……總之，他過世了。這讓我不禁覺得人就是這麼脆弱啊。那麼，說回真的要告訴你的事情，就是這部電影《月之海》原本計畫是定本要執導的電影，而且定本本人也要參與演出，在此就找來最原跟他演對手戲。所以原本的計畫是定本擔任導演、腳本、分鏡，以及男主角，而女主角是最原。結果因為定本過世，這場拍攝當然也就中止了，畢竟導演跟演員都不在了嘛。雖然在車禍前有聽他說腳本已經寫好，但那份腳本應該也被當成遺物處理了，就算想拍下去也沒辦法。無可奈何之下，我們也就此解散。直到上星期，最原突然來向我們說『已經依照定本的腳本畫好分鏡了，想進行拍攝』。這真的嚇了我一大跳啊，而且還說已經相中替代的演員。沒錯，之所以會去找你，就是最原指名的。至於箇中理由我也不得而知，我還希望你去問她本人呢。所以二見，你就是要來頂替定本的演員。現在就變更為定本擔任腳本，男主角是二見，然後導演、分鏡以及女主角是最原。因為有這麼一段經過，所以這對大家來說算是別有感觸的一部作品。畫素跟定本也是大一時就認識了，尤其是最原她……嗯？喔喔，對了，至於我剛才為什麼要問過她的意願……」

「因為在定本過世之前，他才剛跟最原開始交往而已。」

7

光是啤酒就已經喝下六杯。肚子已經越來越撐，心中才浮現差不多可以換成慢慢喝酒的計畫，就被畫素用天籟喊出的一句「再來四杯生啤」給摧毀。

大概聽說了整件事情的來龍去脈，我最後還是決定參加這次的拍攝。

畫素也有確實地對隱瞞定本這件事而道歉。她似乎認為，如果說出是要頂替過世的人的角色，我絕對會心生反感，才說不出口。

但說真的，聽了這件事情我也不覺得特別衝擊。一個人過世是一件很不得了的事情，然而我既不認識定本，這也是在跟我扯上關係之前發生的事情，對我來說，只覺得那是一起很不幸的意外。

不如說，雖然對其他人來講真的很抱歉，但我反而感到慶幸。

因為定本過世了，這部作品才會落到天才最原身上，由她來執導。

最原的分鏡。

那份超越人類智慧的分鏡。

我想看最原最早拍的電影。我想知道那究竟會是什麼樣的東西。

被腳本分鏡困住長達五十小時的我，要是看了完成的電影，究竟會變成怎樣呢？

我已經無權宣告自己不參加這部電影了。

當我認真想著這種事情時，有個人將臉湊到我旁邊來，還是個美人。

「吶，你有在聽嗎？二見？拜託你聽一下嘛，二見？二見？二見？二見……

二見？」

「有在聽喔，畫素。我是二見。我是二見喔。」

於是，既然決定參加，那接下來就要趕緊進行下一個重要的工作了。也就是聯歡會。

說是聯歡會，其實就是喝酒聚餐。是一種帶著「以後大家就要一起努力囉」這層意思一起喝酒的，十分重要的活動。順帶一提，當專案努力做到一半時會喝一場中間宴，努力到最後的話就是慶功宴了。

只要到了吉祥寺就會有很多可以喝酒聚餐的餐廳，但大家都沒什麼錢，所以地點就選在大學附近的連鎖居酒屋「壺中魚」。

雖然是平日晚上，但店內滿是井藝大的學生。當然不只是電影系，店內混雜著音樂系、美術系、文藝系等各個科系的學生。但不管是哪一桌氣氛都差不多，大家都暢談著對於自己鑽研的領域傾注的年輕熱情。

我們這桌也不例外地進入了那種模式。一開始雖然都是在聊自己住在哪一帶、老家在哪裡等等兼作自我介紹的閒聊，但在喝乾四杯啤酒之後，也都漸漸展露出真面目。

「所以說啊，畫素。妳只是在拍攝而已，沒有創作啊。意思就是，妳不過是比路上的監視器效率再高一點的人類裝置而已。」

兼森用平常不過的語氣說出這種辛辣的評論。這讓我想起最近柚子軟糖的製作技術日益進步，好像幾乎吃不出包覆用的糯米紙的口感了。或許兼森就只是說話不經包覆矯飾。

「這我知道，我知道啦。我也明白自己的攝影機拍出來的東西踏不進執導的領域。」

「既然知道，接下來要思考的就是該怎麼改進了吧。」

「也是呢。」

「那麼創作究竟是什麼呢，畫素？難道不是產生出新的東西嗎？」

「是……這樣嗎……不是吧……」

「就是啊。對吧，二見？」

議論的火花就突然飄到事不關己地看著他們的我這邊來。

「吶，二見。所謂創作就是創造新的東西對吧？雖然世上有重製這種事，但我幾乎都不認同。因為我覺得第一次製作出來的電影才是壓倒性地完美啊。」

「嗯——雖然我也不喜歡重製的作品……但我覺得重製也有它有趣的地方。」

「二見給出了簡直像是AI應答的回答呢……我要是圖靈測試的裁判，差點就要把你評為非人類了。」

我只是說了一句話，就差點被剝奪人權了。

儘管兼森看起來是個文靜的學長，果然也是藝大的學生。想創作出一些東西的人，當沒在創作的時候還是會有表現的欲求。要是黃湯下肚，當然也會越講越熱血。兼森又繼續說了下去：

「人類總是在追求新的事物，所以電影也得創新才行。」

「但也是有不喜歡變化的人喔。」

「這點我並不否定。那種人要不是覺得這個自我已經完成，而且還相當完美，就是已經達到某種程度，因此會擔心改變了之後價值也會跟著下降吧。也是有這種生活態度，但這兩者對我來說都是過分評價呢。那麼，最原怎麼想？」

話題突然被拋到自己身上時，最原沒有什麼特別的反應。她也跟我們喝了差不多的量才是，看起來卻毫無改變。順帶一提，畫素已經開始打盹了。

「最原，妳覺得創新是什麼呢？」

兼森朝她這麼問道。

於是最原從包包裡拿出了一只信封遞給兼森，還封得好好的。

「請你打開來看看。」

拆封之後，兼森從中取出了一張信紙。

攤開一看，只見上面寫著「番茄」。

「番茄是什麼意思呢，最原？」

我這麼一問，她露出無所畏懼的笑容。

「我事先預測兼森會提出的問題並做出解答，結果這個魔術失敗了。」

「那就不要拿出來啊！」

我又忍不住吐嘈了。

「二見的能力值真的很高耶。」兼森這麼說道。

「這種人沒什麼了不起的啦。」

結果被最原這樣回應。我為什麼得被說成這樣啊……

「我是有做錯什麼嗎，最原……」

「你要是覺得懊悔，就請表現一段足以讓我感動折服的吐嘈吧。」

「為什麼事情會演變成這樣啊？」

「我以為這是主流走向……」

她這話說得很沒自信。之前覺得這個女生確實是個天才，但或許是我誤會了。

「所以說，最原，妳覺得新的事物是什麼呢？」兼森又問了一次。

「大概是尺寸比『飛』（註1）還小一點，具體來說，推測是十的負十八次方左右的東西吧。」

「像『阿』之類的是吧！」

我拚命絞盡腦汁做出這句吐嘈。這大概是我人生中最花腦力的瞬間。

最原露出微笑，為了握手而伸手朝我遞了過來。真是拿她沒辦法，我也回握了。成功吐嘈之後讓我覺得有點開心，同時也讓我感到十倍懊悔。

「我們就別再進行這種無意義的對話了吧。」

「妳也太過分了！」

最原不再正面回應我的吐嘈，開始回答起剛才的提問。

「所謂的『新』，在大多情況下都是主觀定義。就剛出生的老鼠看來，凡事都是新的。」

不知道她為什麼不用嬰兒舉例而是老鼠，然而我連問出口的機會都沒有，她就繼續說了下去。

「所以，首先得決定好電影是要給誰看，再做出那個人沒看過的電影就好了。」

「也就是電影的客製化對吧。原來如此……」

兼森聽了最原的意見之後陷入沉思。

一開始就決定好客人，接著就為了讓那個人感動而進行製作的手法。電影的客製化。這種模式要說可行也還過得去。

但若問導演這種做法好或不好，多數人應該都會回答不好吧。

一般來說，電影都是做給不特定多數人看。儘管還是會進行市場調查及鎖定客群，但拍攝的前提還是會將其中天差地別的人們視作一個對象。兼森所想的似乎也跟我一樣。

「但是，最原，電影應該是給多數人看的吧？雖然我也覺得客製化非常好懂也可行，不過難得都拍了電影，我還是希望可以感動幾百萬、幾千萬人。還是說，妳覺得就現代社會看來，不可能創造出足以給予幾千萬人感動的新事物了呢？」

「兼森，你講的只是程度上的事情而已。」

註1：「飛」和「阿」皆為極小的數量單位。

最原想都沒想，就順暢地接著說下去：

「早就有感動幾千萬人的電影了，而且往後也會有人創作出這樣的電影吧。我猜應該沒有足以感動幾億人的電影，不過往後還是有可能創作出來。然而就型態來說，與其說那是電影，或許已經接近一種宗教了。至於足以感動所有人類的電影，非但至今絕對不存在，往後也不可能創作出來。因為足以超越人種、年齡、性別以及文化，讓所有人類都覺得感動的影片，想必就不會被定義為電影了。」

最原如此分析。我一邊想著「原來她也能聊這種認真的事情」，一邊聽著她的意見。

「也是呢……要是有那種電影，就跟毒品一樣了。雖然我是有點興趣……」

兼森若無其事地說了這種嚇人的話。要將一部電影形容成毒品，聽起來確實也算是一種稱讚，但要是真像毒品，那光是看完就會變成廢人了。

接著兼森又陷入了沉思模式。被留下來的我隨口向最原問道：

「最原，那妳覺得要怎樣才能拍出讓幾千萬人感動的電影呢？」

「我覺得只要挑選在對象客群中最平均也最普遍的題材去拍就好了。換個說法就是『博而不精』。」

博而不精。

確實如此。要讓許多人覺得感動，就得做到大眾化才行，內容要是做得太深入，客群也會被侷限，因此在某種程度上必須刻意做得膚淺一點吧。但聽到這種說法，讓我覺得自己至今看過的許多名作都被貶低，並感到有點惱火。

「最原，妳說要博而不精……那也代表妳自己剛才講的客製化電影，就要做得狹隘又深入嗎？這樣才能更深入地打動人心？」

「是啊。」

她若無其事地這麼答道。

「要針對一個特定的對象拍電影，就有辦法更深入地打動那個人吧。」

「深入……」

我又講了一次剛才自己用過的詞。因為自己說了出口，卻也不是很明白箇中意義。深入打動人心具體來說是什麼意思？

「那深入打動人心又是什麼意思？」

最原回答了我的提問。

「例如電影片長是兩小時，那就要在這段時間內讓觀眾發笑、氣憤、哭泣、懷抱希望、陷入失望、許下願望、做出祈禱，並在放棄，甚至感到想死之後，卻還是想要活下去。就是這個意思。」

不可能。我下意識就這麼想。

時間不夠。短短的兩小時，就時間來說壓倒性地不足。不，就算是四小時、六小時應該也不夠吧。

與此同時我也覺得，若是探究起拍電影這件事情，若是可以真的追根究柢，那我們想追求的或許就是這樣。

「看了電影之後，彷彿經歷了一場人生——只要給予觀眾這種感動就行了。」

就連這種事情，她也是如此若無其事地作結。

8

兩點過後，我們四人也踏上歸途。晝素走在前方，正拿著借來的ＨＤ攝影機拍攝並肩走著的我們三人。她不但腳步搖搖晃晃還倒退著走，實在有夠危險。

「我其實也很想跟你們一起被拍的說～不過這就算是攝影師正確的宿命吧。」

她一邊說著這種話一邊拍我們，看起來心情很好。我也覺得這種微醺感很是舒坦，看著天空轉圈走著。掛在大學上方的月亮相當漂亮。

四個人當中住得最近的是畫素的家，所以大家就一起送她回去，來到家門口之後卻又有種依依不捨的感覺，於是大家就站著聊了起來。

「我啊。」畫素說道。

「真的非常期待這部電影的成品喔。我想，這部電影不只是對我來說，對大家來講也會是一部特別的電影。絕對會。」

雖然畫素說的這番話沒有任何根據，但不只是我，想必兼森也是這麼認為。這將會是一部特別的電影。至於特別在哪裡，現在還沒有人知道。搞不好最原已經知道了，但這也不過是我沒憑沒據的想像。

「最原，妳沒喝醉嗎？」

兼森這麼問了之後，最原稍微點了點頭。喝了那麼多，她卻幾乎沒有醉的樣子。而且明明才十八歲，是不是一天到晚都在喝啊？

「最原，妳要不要住我家？要不要住我家？」

畫素纏上了最原。好一幅美麗的光景。

「我沒有理由要借住妳家。」

「有啊！」

三更半夜的，畫素拔高聲音叫了一聲。再加上也喝醉了，情緒很高昂。

「什麼理由？」

這孩子還真冷淡……

「因為……我們是學姊跟學妹的關係啊！雖然交情還沒有那麼好，所以才更要加深彼此的感情！沒有什麼特別的理由還能來住，不就是友好的證明嗎！」

相較之下，畫素顯得相當熱情，用像把死馬當活馬醫的氣勢滔滔不絕地說了一大串。但當事人最原……

「也是呢。」

居然接受了這個說詞。竟然啊。不，我對她們要加深彼此交情沒什麼意見。

「我也有同感喔。」

「明明剛才還說沒有借住的理由……」

我低調地吐嘈了一句。畢竟是半夜嘛。

「我沒那樣說。」

「妳有說吧。」

「我只有說『喵理由借住妳家』。」

「那是什麼超沒意義的謊言啊！」

最原播著頭，並「嘿嘿」地乾笑了兩聲。雖然動作整體都很可愛，表情卻沒在笑，所以看起來完全不可愛。又不是機器人。

「二見跟最原的交情很好啊……」

畫素很是懊悔，這讓我的心情十分複雜。我想加深交情的對象不是這種機器妹，而是畫素的說。

「畫素，在妳看來我們很要好嗎？」

「就是說啊，真沒想到會被這樣誤會呢。」

「輪不到妳說啦！」

「才輪不到你說喵！」

「竟然真的講了！」

「不好意思……請你忘了吧……」

「會覺得不好意思就不要講啊！」

完全搞不懂她害羞的基準點。害我顧不著現在是大半夜的，就喊叫了起來。

「那麼，今天請讓我借住一晚吧。」最原向畫素說道。

「沒問題～超歡迎妳～來來，快進來吧。對了，睡衣！不知道睡衣適不適合妳呢？啊，兩位再見。」

招待最原進到家裡之後，公寓的大門就無情地關上了。被留在外頭的只剩下我跟兼森還有月亮婆婆。這三人組還真是寂寞。

「那麼……二見就來我家吧。」

「呃，不用啦……學長學弟也不必勉強加深交情喔，兼森……」

「也不是基於這個原因啦。現在才兩點嘛，我們去便利商店買點酒吧。」

9

真不愧是負責音響的，兼森家裡實在很專業。小小的房間除了床跟電視之外，其他空間幾乎都擺滿了ＤＴＭ的器材，簡直就像一個小型錄音室，而且看似經常在用的電子琴感覺就很帥氣。

精巧的桌子上擺出酒跟下酒菜，兩人總之先乾杯。被譽為老街拿破崙（註2）的玉極閣既便宜又大杯，這款酒真是太優秀了。

「搞不太懂最原在想什麼對吧。」

兼森語氣感慨地這麼說。我今天才第一次跟最原見面，完全搞不懂她的行為舉止，不過認識她兩個月的兼森似乎也是這樣。

「她平常就是那樣嗎？」

「是啊。跟她聊天時偶爾會覺得她好像還準備了什麼招式，我跟畫素都跟不上她的步調……謝謝你，二見。真的太感謝你了。」

他一再對我道謝，也就是說，以後這種場面就要交給我了吧。害我不禁思考了一下，是不是不要再參加這幾個人的聚餐了。

「但不管怎麼說，她畢竟是天才嘛，難搞一點可能才比較剛好吧。」

「天才啊……那個，我跟她才第一次見面，還不太了解，但最原是真的很厲害嗎？」

註2：拿破崙為法國高級白蘭地，玉極閣則為受日本平民喜愛的麥燒酌。

我自己都覺得這個問題很籠統，然而兼森毫不遲疑地答道：「很厲害。」

「那個人真的很厲害……因為我是跟定本一起去挖角她的，所以有看過一次她的演技。光是口頭形容你或許會覺得不太可信，但那真的讓我起雞皮疙瘩。更何況那還是她人生中第一次演戲，真的太厲害了。不過她就像那樣，是個可以若無其事講些毫無意義的謊言的女生，所以『沒演過戲』可能也是騙人的吧。」

「是喔……」

把她捧上天了。

剛才聚餐聊天時，能感覺到兼森看過的電影可能比我還多，而且他也說喜歡看舞台劇，因此對於演員演技的眼光應該滿高的。讓這樣的學長誇讚到這種程度，想必是相當了得吧。

然而，我自己還是不相信沒演過戲的人能展現出多厲害的演技。

「而且定本他啊……」

兼森露出回憶往事的笑容說：

「那傢伙一開始明明是自己相中最原並找她來的，結果都被她牽著鼻子走。最原就是那種個性的人，所以感覺捉弄得滿開心的呢。就跟你一樣，定本還被要求吐嘈了。」

「那還真是……辛苦啊。」

心中不由得產生共鳴，有種同仇敵愾的感覺。

「吶，二見。你知道為什麼今天第一次見到你的時候，我會嚇一跳嗎？」

「咦？喔喔，這麼說來……」

我回想起白天那時的事情。第一次見面時，兼森驚訝得睜大了眼睛。

「要說起為什麼啊……是因為你跟定本滿像的。」

「咦，我跟他滿像的？臉嗎？」

「嗯。身材差不多，臉也很像，但還不至於像到會認錯人的程度。第一眼雖然會嚇一跳，但馬上就會看出是另一個人。只是最原找來代替定本的人，竟然是外表這麼相像的二見……所以我一開始真的很訝異。這樣的理由對你來說很失禮吧，對不起。」

「不會……」

我開始臆測起最原的心思。

雖然透過那樣用玩笑帶過去的互動看不出來，但她是不是也因為定本的死深受打擊呢？是不是忘不了才剛開始交往就過世的定本呢？

「二見。」

兼森喚了陷入沉思的我。

「要是把這件事想得太深入，只會備感沉重而已。她之所以會選擇一個長相接近的人，搞不好只是基於這樣的外貌印象符合角色設定。而且就你看來，最原像是被那場車禍影響到走不出來的人嗎？」

完全不像。就算她真的還走不出來，也希望她不要突然就露內衣給我看。

「對吧？更何況，我聽說他們會開始交往，也是定本追得很積極的關係。所以，我想最原她自己可能也沒有陷得那麼深吧。」

是定本追她的啊……

他為什麼會想跟那個最原交往呢？我不是想開過世的人的玩笑，但還是有點在意。最原的臉確實是滿可愛的。雖然身材嬌小，但身材似乎也不錯。應該說我親眼看見了就是。嗯。光就外表看來，或許還會比畫素更受人歡迎，但我覺得她的個性實在太難搞了……

「真不知道為什麼會喜歡她呢。」

「這理由也只能問他本人才會知道了吧……但是，我也稍微能理解定本的心情，還有他是被最原的什麼地方吸引。」

「真的假的？」

「嗯。呃，外表應該也是原因之一啦。」

「不只是因為外表的話……」

「就是才能。」

兼森語氣強硬地斷言。

「才能啊……」

「說真的，我也是打從心底折服於她的才能呢。二見，難道你不這麼想嗎？你已經看過那份腳本分鏡了吧？」

「是……看過了啦。」

「你這口氣講得還真模稜兩可啊。這實在做得很厲害吧？」

說著，兼森就從包包裡拿出了分鏡。他隨手翻閱著，並繼續說了下去。

「畫素也這麼覺得。她在看這份分鏡時，好像覺得相當感動，甚至整個人都無法抽離，還花了五個小時看遍分鏡的每個角落。」

五個小時。

在意料之外的地方聽見了一直很想問的事情。晝素花了五個小時看那份分鏡啊，也就是說，她只花五個小時就看完了。

那我看了五十六個小時，果然算是異常嗎？單純是我誤以為最原的分鏡蘊藏著某種神祕又超乎常人的力量嗎？照這樣看來，似乎也不要對兼森坦言比較好。

「我甚至看了二十二個小時呢。」

然而，我在沒有任何心理準備的狀態下，接收到衝入我耳中的這番話，不禁露出了驚愕的表情。

「你還真是老實……我看你平常就要再多點警戒心比較好吧？」

兼森有些嘲諷地笑著。這個人是不是知道些什麼呢？他又知道了多少？

「兼森……那個，你原本就知道我花了很久的時間在看那份分鏡嗎……？」

「不，很遺憾，我並不知道。其實我只是在套你的話而已。當我說到晝素看了五個小時的時候，就很在意你的表情了，才會猜測你該不會也跟我一樣『被迫』看了那份分鏡那麼久。」

兼森用「被迫」形容。

在看的時候，確實有這種感覺。就像一直被某種無法抗拒的東西囚禁住一樣。

「所以這次輪到我發問了。你實際看了多久？」

雖然我還是有點遲疑，不過現在除了老實回答，似乎也沒有其他選擇了。

「我被迫看了…………五十六個小時。」

這次換兼森毫無防備地嚇了一跳。

他睜大眼睛，就此動也不動。

接著，當他再次有了動作時……

「……哈！……哈哈、哈哈哈，哈哈哈哈哈哈哈哈哈哈哈哈哈哈哈哈！」

兼森仰頭朝著天花板笑到停不下來，情緒高昂到一點也不像至今那種知性的學長形象。

「五十六個小時？你說五十六個小時嗎？那不就是兩天半！厲害！太厲害了！絕對錯不了！這絕對不是普通的分鏡啊，二見！一定蘊藏著什麼……絕對蘊藏著什麼……你問我那是什麼？我才不知道呢！我跟你一樣，都只是個凡人而已！但是，我們現在確實掌握在手中！我們握有足以改變電影歷史，像是用魔法做出來的，神所畫下的腳本分鏡啊！」

兼森用雙手壓住了自己顫抖的身體，並用僵掉的笑容，直直盯著放在桌上的那份「神畫的腳本分鏡」。

電影之神究竟要兼森、畫素還有我做什麼呢？

就算問了，也得不到解答。

因為在還沒給電影之神看過電影之前，祂不會做出任何答覆。

II．拍攝

1

出發前，我在社辦裡確認拍攝清單時，最原走了進來。

「妳好。」

「你好。」

跟我交換了一個冷漠到無法想像我們認識的招呼之後，她便坐了下來。

以我少數的經驗來說，開拍第一天，每個工作人員都會感到緊張。無論是演員、攝影師、照明或是音響，要拍一部新作品的第一天，大家都是邊做邊摸索。

更何況是導演，要說承擔了所有人的緊張可能都還不足以形容才是。然而眼前這個學妹像是與這種緊張感無緣一般，坐下之後就從包包裡拿出漫畫開始看了起來。

她如果可以機靈地對正在確認清單的我問上一句「有沒有需要幫忙的地方？」，

我也會覺得她是個可愛的學妹……

不過，我還是自我反省，身為學長不能因為這點小事就不開心。不如說最原會看漫畫反而給了我一個機會，可以跟感覺話題不太投機的她聊天。我自認看過滿多漫畫，不管拋來的是怎樣的話題，我都可以聊得起來吧。

「最原，妳在看什麼呢？」

「《獵人》第53集。」

「沒有出吧！」

不，聊不起來。

「那是什麼東西啊……也給我看一下。」

我繞到她身後瞄了幾眼，看起來還真的是《獵人》，故事發展卻讓我毫無頭緒。吟唱終焉的歌姬是誰啊？

「這是我畫的。」

「這樣啊……呃，是沒差啦……但這樣有趣嗎？」

「大概跟天氣預報差不多吧。」

可惜我不懂天氣預報的趣味何在，所以這個比喻無法成立。這真的有趣嗎……

「二見，你在做什麼呢？」
「我在重新檢查拍攝清單。畢竟可不能忘了什麼東西嘛。」
「……………………也是呢。」
「妳話中有話的語氣是什麼意思啊？」
「不，我只是在努力理解這個概念。」
「什麼概念？」
「忘東西的概念。」
看來她好像沒有忘過東西。
「就腦的構造來說，應該是難以將事情本身從記憶媒介中消除，因此可能是記憶在表層的事情因為追加情報依序堆疊的關係被埋沒到下層，又或是情報的單純性讓它跟周邊記憶平面化，呈現難以抽取的狀態呢？」
「不好意思，我聽不懂。」
「沒關係喔，二見。」
「為什麼講得那麼高高在上……」
「最原跟二見很要好呢……」

在很糟糕的時間點進到社辦的畫素，不但看到了很糟糕的畫面，還做出很糟糕的感言。總之先解釋再說。

「畫素，我跟她並沒有多要好喔。」

「你也不用害羞嘛～」

「最原，拜託妳不要突然改變說話語氣好嗎……」

「我想讓場面更加混亂一點……」

「這下子可混亂了。妳滿意了嗎？」

「還行。」

看著我們這段短劇般的對話，畫素又說了一次「最原跟二見很要好呢」，於是我就放棄解釋了。

2

從結論上來說，拍攝過程順利到甚至讓人覺得掃興。

所有跟拍攝有關的工程，全都在天才最原最早的掌控中進行。

首先是我原本擔心的最原的演技，但就像兼森所說，厲害到會讓人起雞皮疙瘩。最原本來就很美，有著平常走在校園內都會引人注目的外貌。而這樣無從挑剔的模樣經過工作人員梳妝，並穿上準備好的服裝之後，就以萬全的態勢站到攝影機前。這時候的最原完全是個女演員。她光是站在那裡就足以讓人看到入迷，甚至連她的一舉一動、或起或坐、小動作和表情都不想錯過。拍攝時，我們所有人的眼神都離不開她。

而且她完全明白要如何使用自己這個絕佳的素材。

要怎麼微笑才美、要怎麼表現悲傷才惹人憐愛、要怎麼露出肌膚才會讓人感受到魅力等等，她全都可以過猶不及地完美拿捏。她的演技不像在摸索，也不是早就習慣，要形容的話，就像是美麗算式的答案一樣，若用道理探究到底，必然會得出演技的解答。

這樣的她在演戲方面唯一存在的問題，就是跟演對手戲的我看起來太不平衡。但這完全是我的問題……

我在高中時也有參與過戲劇演出，踏上演員這條路也有四年的時間了。然而這樣的資歷在演對手戲的人太過優秀的現實面前，也等同於零。

拍攝時我實在太過不安，便可悲地向最原問道「我的演技真的能用嗎？」，而她給我的回答是「我去上一下廁所……」，害我有點想死。

我心中唯一的支柱就是指名我的不是別人，正是最原這件事情。她要挑選演員不可能毫無理由，雖然可能真的只是因為我長得像定本，單純憑著外貌印象選擇就是了……結果我還是只能相信最原，為了不去自殺而努力演下去。

至於她的另一個工作表現。

也是拍攝會順利進行的最大主因。

那就是天才導演最原最早稀世傑出的執導手法。

最原從來沒有做過「請這樣試試看」的指示，她的指示向來只有「請這麼做」。因為當她在畫分鏡的階段……不，甚至更早以前，腦海中就已經有完整的構想了。

也就是說，在現場進行的拍攝，單純只是循著設計圖蓋出建築物「而已」的工程，完全沒必要遲疑或做出決策。

而且最讓我感到驚訝的，還是她將所有必需的情報全都匯整在那份腳本分鏡之中吧。無論是身為演員的我，或是攝影師畫素想問的事情，還有之後可能會問的事情，全都畫在那份腳本分鏡中了。

就算我們提出問題，最原幾乎都只是指著腳本分鏡說「這麼做就好了」。也就是說，在拍攝期間會湧上疑問，原因往往都是我們的解讀能力不足。身為學長，實在非常難堪。

在這種狀況下，雖然一開始覺得身為學長這樣實在太丟臉，也很無地自容，但這樣的心情隨著拍攝的進行也跟著褪去。因為最原指向的觀點，很明顯就位在比我們還要高的地方。

這應該是從她身上學到新事物而感受到的喜悅吧。每當我聽她說明在那份腳本分鏡中直至細部的表現手法，我就覺得自己像是接觸到影像呈現的可能性本身，並被一股未知的喜悅包覆著。畫素跟兼森想必也有一樣的想法。

也就是說，拍攝整體來說都很順利。

除了在拍某一幕的時候之外。

那一幕是在井之頭公園進行拍攝。

基於陽光照射的角度關係，那一幕想在早上拍好，所以我們挑選了感覺沒什麼人的平日前去拍攝（大學的課就活用自主放假的制度缺席了）。

那一幕要拍的內容本身並不困難。飾演女主角的最原緩緩走在公園的樹蔭下，並停下腳步，就只是這樣而已。

畫素跟平常一樣架好攝影機，兼森也將麥克風朝她遞了過去。感覺不太需要打光，所以我要做的就只有拿場記板（拍板）而已。

然而，就在攝影機都準備好的時候，異常狀態發生了。

最原沒有在待機。她盯著半空看，整整十五秒動也不動。最原「在思考」。

這是在拍攝期間第一次發生的狀況。最原的腦袋感覺已經將所有解答都塞了進去，像是只要負責將正確解答輸出就好的系統，現在卻正在思考。

在被髮夾分開的瀏海之間，最原睜著的大眼像是什麼都沒在看，卻也像是看透了一切。我們就一直盯著，等到她有所動作為止。

突然間，最原開口道：

「我想試試看一件事，可以嗎？」

最原似乎想到了什麼。

這也是在至今的拍攝期間從來沒有發生過的事情。然而令人困惑的是，她完全沒變更。

有告訴我們關於變更的內容。

「只是稍微改變一下演技，攝影機請跟平常一樣拍攝就好。」只對畫素這麼說了之後，最原站上定點。

接著，我就將拍板拿到攝影機前，看了最原一眼。

那個瞬間，氣氛都變了，竄起一股連緊張跟痙攣都無法比擬的感覺。那毋庸置疑就是第一次看那份腳本分鏡時的感受，就像不知道會被帶去哪裡似的強烈衝擊。

我打下拍板之後，就逃也似的離開了攝影機前方。

乍看之下，只像是沒有做出任何變更的演技。

她按照原定計畫那樣走著。然而，我確實從她的演技當中，感受到那個時候彷彿要把我牽引走的那股力量。

不過，有個地方跟當時不同。

很弱。

牽引的力道很弱。

弱到完全不能和在看分鏡那時相比。看腳本分鏡時，光是看個兩三幕我的意識就被帶走了，但這次可以撐著緊張感看她演出，所以我覺得力道比那時還要弱上許多。

然而，當攝影機停下來之後，我才發現我錯了。

畫素忽然倒下。在拍完那個畫面的瞬間，她就像抽光了全身力氣一般倒了下來。一邊照顧著畫素，我也回想起來。在打下拍板那時，我也同時從攝影機前抽離了，所以受到最原牽引的力道才會變弱。而這又代表了什麼？

也就是說，那股力道「投向了攝影機」。最原的演技就是要透過攝影機觀看，才會發揮出最大的牽引力。

演完這段的最原跑向畫素，稍微看了一下她的狀況後說「她沒事」。

接著她拿起畫素握在手中的攝影機，透過液晶螢幕確認剛剛拍下的那一幕後說「這個不行呢」，當場就刪除了。

在那之後，她就再也沒有「臨時想到」什麼了。

拍攝也持續平穩地進行下去。

3

我們直到昨天為止，拍完了大概八成的進度。

除了畫素昏倒那天之外，拍攝毫無窒礙地進行著，甚至還能超前一開始擬定的進度。

然而，連續好幾天都沒有休息地持續拍攝的工程，終於在今天空出了空檔。

最原好像感冒了。

說來失敬，但我擅自認定最原是個連病痛都能超越的人，接到聯絡時覺得有點意外。她好像發燒了，在家裡乖乖地躺著休息。

「那麼，問題來了。」

畫素對我出題了。得知「今天外景取消」的消息之後，我本來打算趕緊回家，卻被不由分說地逼著坐上解答人的座位。

順帶一提，原本要跟我搶答的對手兼森，在來到社辦之前就已經接到取消的聯絡，所以很遺憾，上場搶答的人就只有我而已。

「問題來了。在拍攝期間導演突然生病。這種時候身為優秀的工作人員，該採取什麼行動好呢？」

「跟製作人交涉，看看中止拍攝時能不能拿到酬勞。」

「你這個演員是有名無實的自由業，而且還只有自尊心特別高的追夢三字頭嗎！」

這段臭罵讓我覺得自己未來真的很有可能變成這樣，覺得心有戚戚焉，但我還是重振心情，問她正確答案是什麼。

「當然是去探病啊，探病。你不覺得導演要是能盡早痊癒，對影片就越有幫助嗎？」

「探病啊……但這麼親切又熱情的態度，會不會被最近的年輕人嫌煩啊？」

「她也只跟我們差一歲而已耶。」

「差了一歲就是不同世代了啊，甚至是不同社會，稱其為別種生物也不為過。」

「才沒有這種事呢～之前最原來住我家的時候，我們跨世代地聊了很多喔。」

我光是想像二年級的美女跟一年級的美女穿著睡衣聊通宵的畫面就覺得幸福。如果是美少女遊戲，這段應該會加入漂亮的ＣＧ，輕小說的話就會加入插圖了吧。

「唔嗯，具體來說是聊了哪些？」

「我想想喔，那個時候我記得是……聊了何謂無償的愛吧。」

結果聊了像是教會說教一般的內容。插圖的訂單要中止了。

「那聊到最後的結果是？」

「聊到最後的結果，是最原她……」

「最原她？」

「給了我備份鑰匙。」

雖然我很想吐嘈「為什麼啊」，但畢竟我對畫素抱持著淡淡愛意，便拚命忍下來了。這種時候吐嘈體質真的很痛苦。

「我記得那天最原問了我好幾次關於愛情或戀愛之類的事……聊到什麼是戀愛的話題時，我也沒辦法好好說明，但就說了情侶可能會去約會，或是給對方家裡的備份鑰匙……然後她就給我了。」

「這是……告白吧？」

「才不是呢！」

「不然是什麼呢？其他狀況下會給妳鑰匙嗎？」

「呃……像是那個啊……假裝在玩《勇者鬥惡龍》的納吉米之塔……」

真是資深鐵粉的玩法。

「唔嗯。妳想說的我大概懂了。」

我刻意像個偵探一樣點了點頭。

「那麼，假設最原給妳備用鑰匙是一種友愛的表徵好了，我還是不太相信耶。朋友之間有備用鑰匙還是很奇怪吧。畫素妳想想，我也沒有妳家的鑰匙啊。要是我有，或許就會覺得朋友之間有家裡的備用鑰匙也很正常。」

我自己都覺得這個論點實在絕妙。如果畫素想撇清自己跟最原的蕾絲邊疑雲，就得給我家裡的備份鑰匙才行。好一個完美作戰計畫。

「我覺得好像被威脅了耶……」

「有嗎？我是沒有這個意思。」

「唔唔……」

畫素沉吟道，並從口袋中拿出了一串鑰匙。

「等等，請等一下，二見。」

「怎麼了嗎？」

「一決勝負吧。我手中的鑰匙包掛有七把鑰匙，現在我把鑰匙包拿到背後，請你說出從上數下來的第幾把，我就會將那把鑰匙給你。」

原來如此，最後的掙扎是吧。

猜中的話就能得到畫素家的鑰匙，沒猜中大概就是重複拿到社辦的鑰匙而已吧。

「好啊，那就一決勝負吧。」

就這樣，在沒有任何衝突的狀況下，我拿到最原家的鑰匙了。

4

最原住的集合住宅，就位在距離大學走路十分鐘左右的地方。

雖然是一棟兩層樓並分為十戶左右的小型建築物，但外牆都還光鮮亮麗的，看來屋齡還很新，入口處甚至還有自動鎖。我覺得這種地方的鑰匙真的不該隨隨便便就給別人。

「其實我也是第一次進來呢。」畫素這麼說。

「妳都收下作為友愛表徵的鑰匙了。」

「雖然有來過一次……但一看到自動鎖我就覺得卻步，然後就回去了。」

將鑰匙插入擺在集合住宅入口處，感覺慎重其事的裝置後，就發出機械驅動的聲音，大門接著開啟。要打開這個自動鎖走進去確實需要一些勇氣。

「不過要探病的話，感覺就滿剛好的吧～」

「但還是覺得自己一個人不太敢進來，就把我帶來了？」
「別用那種說法嘛。你也很擔心最原吧！」
「硬要說的話確實會擔心啦……」
聊著聊著，我們就走到最原的家門口了。然而按了電鈴之後還是沒有回應。
「是不是在睡覺啊？」
「那我進去看看好了。二見，請你在這邊等一下喔。畢竟是女生的家裡，還得先取得本人同意才行。」
我抗議地說「那就不要找我一起來啊」卻被忽視，接著畫素就用鑰匙開門進去了。
「最原～？妳在嗎～？我要進來囉～」
門喀嚓一聲關上，就剩我一個人被留在走廊。
回過頭眺望天空，就能感受到舒適的暮色。麻雀伴隨著鳥囀飛來飛去，很是悠哉。
冷靜想想，跟美人朋友一起來探望美人學妹，根本是連漫畫都鮮少看到的幸福情境。而且因為感冒而相對脆弱的最原，因此有點喜歡上我這個體貼的學長，也是很常見的發展。不，雖然我不希望那樣發展就是了。要是如此，我反而會有點傷腦筋。

環繞在我腦中的這種溫馨妄想，被打開門的畫素打斷了。她進去裡面還不到一分鐘，看來裡頭沒有什麼被我看見會感到困擾的東西。

既然如此，畫素的表情為什麼看起來有些陰沉呢？甚至可以說是一臉蒼白，難道是最原發生什麼事了嗎？

「那個……她說你也可以進去。」

「喔。畫素，妳怎麼了嗎？」

「對不起，二見……」

「為什麼要道歉？」

雖然搞不太懂，我還是在她的催促下走進室內。她家是有隔了一間廚房式的套房，而且廚房也滿大的。給人的印象與其說是整潔乾淨，不如說沒什麼東西。她大概完全沒在下廚吧。

連通裡面房間的木門是關著的，畫素也朝著裡頭喊道：

「最原，二見也來了，我們要進去囉。」

畫素打開了房門，裡頭沒有開燈。不過病人就在裡面睡覺，這也是理所當然吧。

窗簾也拉了起來，只有勉強透進了一些外頭的光線而已。

因此走進房間之後，我過了一陣子才發現那股異樣。

房間的一整面牆都貼滿了照片。

而且是大量的抓拍照片。有時候是一個人，有時候是一大群人，各式各樣。然而定睛一看，就會發現每張照片都一定會拍到同一個男子。

「這位就是……定本。」

畫素小聲地告訴我。

這還是我第一次見到。原本要演我這個角色的人，原本要擔任導演的人，因為車禍而結束了短暫的一生，原本跟天才最原最早是情侶的人。

照片中的定本綻放著笑容，似乎壓根也沒想過自己的人生就快結束。

最原就在整面牆的照片環繞之中躺在床上。雖然不知道她現在是醒著還是在睡覺，但因為發燒的關係，看起來很難受。

這個女生在這個房間裡，究竟都是懷抱著什麼樣的想法度過的呢？原來她喜歡定本到整個房間都是他的回憶嗎？那麼重要的人過世的心情，在我這段沒經過什麼大風大浪的人生看來，甚至難以想像。

「畫素……還有二見也來了啊。」

最原這麼向我們招呼，看來她好像醒著。說完她便緩緩坐起上半身。

「謝謝你們來看我。還特地跑這一趟，真是不好意思。我沒什麼事，請不用擔心。」

「別這麼說，我們才覺得抱歉，在妳不舒服的時候還跑來。妳別在意了，躺著吧。」

「好的。」

於是最原又躺了回去。

「最原，妳有吃飯嗎？」

畫素這麼一問，她便躺著搖了搖頭。

「沒有食慾啊……但不吃點東西感冒不會好。我去買點水果之類的回來。二見，我們一起走吧。」

畫素站起身打開房門，想找我一起去買東西。

「啊，那不然我在這裡照顧最原好了。可以麻煩妳去買東西嗎？」

「啊，嗯。這樣啊。」

我馬上就知道晝素是在顧慮我的感受。

應該是覺得我待在這個太過特異房間裡會如坐針氈，才想約我到外頭去吧。

但我不知為何，真的是沒來由地，想在這個房間多待一會兒。

看到房間是這副模樣，應該任誰都會覺得她很電波，甚至有點精神失常。我自己在腦中也是這麼想。但該怎麼說呢，這終究只是知識或常識使然，我就算待在這個房間，也感受不到生理上的厭惡感。

不僅如此，我甚至覺得舒坦，連自己都嚇了一跳。我想在這個房間多看看定本的照片。或許是因為我想多少體會一下最原究竟都在這個房間裡想些什麼吧。

「那我走囉，我很快就會回來。」

晝素出去買東西之後，這個房間就剩下我們獨處了。

好歹是待在女生的房間裡，就算心情有點緊張也不奇怪，然而這個房間卻讓人完全沒有那種感覺。

「二見，你不一起去嗎？」

最原躺著這麼問道。

「啊，嗯。最原，妳就好好休息吧，我不會吵到妳。」

「這樣啊，那我就恭敬不如從命了。是說內衣褲就放在那邊的抽屜裡。」

「為什麼要告訴我內衣褲放哪裡啊？」

「我想說你會用到……」

「用來幹嘛啦！」

「用來……」

「夠了，等等！妳不要回答！」

「……自……」

「聽人講話啊！」

「……瀆。」

「那是什麼意思啊！」

「那個，二見，不好意思……我還在發燒，可以請你小聲一點嗎？」

「妳這……傢伙……！」

在她叫我小聲一點的瞬間，我差點就要大吼出聲，但還是勉強忍了下來。

不行不行，這樣完全被她玩弄在股掌之間。應該說她完全在小看我嘛。

但要我這樣放任她完全不吐嘈，心情上也按捺不了，所以我還是冷靜地輕聲吐嘈她。

「（還不是妳害我大叫出聲的。）」

「（要怪在我身上啊？）」

「（當然。）」

「（是說，二見。）」

「（什麼事？）」

「（你講話為什麼要這麼小聲呢？）」

「還不都是妳害的！」

無法溝通。每個人都有辦得到跟辦不到的事情。

「唔……不好意思，我真的滿不舒服，要先睡了……二見，你就在那邊自慰一下吧。」

「妳剛才明明還知道不要直接講出來！」

當我這麼吐嘈的時候，最原已經轉身面向牆壁，一副真的要睡覺的樣子。這個人實在有夠自我中心……

或許是有了這段跟平常沒兩樣的互動，讓我心情也輕鬆了一些。這個房間還是一樣異常，但原本在我心中那種宛如退縮的情感已經不見蹤影。

總之，我決定先靠近一點，看看幾張照片。

我的目光停在其中一張照片上。在這張近距離拍攝的照片中，定本露出了溫和的笑容。

雖然自己沒辦法斷言，但我也覺得確實跟我滿像的。從他跟畫素並肩的照片中，也看得出來身材真的差不多。

更重要的是，看著定本的表情，讓我覺得我們的個性應該也很相近。大概……不，這個學長肯定也跟我一樣會對最原吐嘈吧。這麼一想，我不禁感到同情。要是你還活著，想必會跟我喝上一杯吧，學長。

最原在我身後已經睡到發出鼾聲了，看來她完全沒有要對我抱持警戒的意思。不，我也沒有想要對她做什麼就是了。

仔細環視四周，我便發現這個房間除了照片以外沒什麼其他的東西。電腦是光看就覺得速度很快的全塔式機殼，但電腦桌四周幾乎沒有擺東西。至於其他家具就只有設計簡樸的工業風書架，而且也只放了七分滿左右。

我不禁有些好奇地看了一下擺在上頭的書。

首先看到的是漫畫，數量沒有很多，除了《獵人》之外也只有四五部作品而已。她竟然會看《蜂蜜幸運草》啊……

但令人不解的是除了漫畫以外的書籍。

畢竟是藝大的學生，有相機的解說書跟色彩相關的書還算合理，但書架上還放了好幾本心電圖的書，以及組織學或解剖學等醫學相關的書。這些真的是拍電影的必備書籍嗎？

而且數量跟這些差不多的，是關於心理學及精神醫學的書。真不想看到女大學生家裡擺著《受刑者的超長期墨跡測驗解答本》這種東西。

當我從上層書架依序看下來時，發現最下面那層有好幾本都沒有書背。拿出來一看，原來是《月之海》的腳本分鏡。

自從那天之後，我就再也不會那樣長時間看這份分鏡了。

現在就算拿來翻閱，自然也能很正常地看過去。

結果那種現象究竟是怎麼回事呢？這份腳本分鏡是不是隱瞞了些什麼？到底是不是我跟兼森自己想太多了？

在拍攝期間，我有向最原本人問過許多關於腳本分鏡的事情，也試著問了分鏡那種奇妙的功效，然而畫出分鏡的本人只是感到費解地說「究竟是為什麼呢？」。

我嘆了口氣。這件事我已經想到膩了。既然最原本人都表示不太清楚了，我們再怎麼樣也走不出臆測的範疇。

結果，這部電影也只能繼續拍下去。

無論對我們來說，還是對觀眾來講，影像就是電影的全部。

不知道是第幾十次這樣自我說服之後，我將分鏡放回書架上。

這時，我發現書架上除了《月之海》之外，還有其他腳本分鏡。

是不是最原畫好放著的分鏡呢？我隨手拿出一冊，封面上用最原那漂亮的字寫著標題。

《AMRITA》。

Amrita。關於這個詞，我姑且有點相關知識。這是一種出現在不曉得是佛教還印度教的神話之中的飲料，我記得意指甘露，是一種甜美好喝的飲料吧。

會擷取神話中的產物當標題，品味也滿普通的嘛——就在我如此心想並打算翻開第一頁時，不禁停下動作。

要是這份分鏡也跟《月之海》有著一樣的力量該怎麼辦？

我或許又會當場一直看上五十個小時了。不過，現在至少還有畫素跟最原在，要是變成那樣，她們應該會來制止我吧。即使如此，害怕意識又被抽離的那種感覺率先湧上我的心頭。因為，說得誇張點，我那個時候可算是瀕死了吧。

然而這樣冷靜的想法就像別人的思維一般，我已經將手放上封面了。並沒有受到誰的操控，這確實是出於我自己的意志。

基於理性思考，我也知道現在看這份分鏡並非良策，但與此同時，我也知道自己無法抑制與理性相反的好奇心。

我回想起兼森說過的話。神畫的腳本分鏡。

如果真有這種東西，人類絕對會忍不住去看吧。

我下定決心，翻開了第一頁。

結果只感到掃興。因為出現在我眼前的第一幕，就跟《月之海》的第一幕一樣。

我抱持著疑惑仔細一看，才發現這份分鏡不是影印的，而是鉛筆稿。也就是說，這是原本，是原版分鏡。

難不成……這是《月之海》的草稿？

與其猜測完成度那麼高的腳本分鏡是一氣呵成，經過一再改良而成的想法比較合理。

繼續往下看之後，彷彿要證實我這個想法一般的場景接連出現。《AMRITA》的第二幕就和《月之海》第五幕的圖一樣。

也就是說，最原一開始畫的是《AMRITA》，後來新增一些場景而成的就是《月之海》。

理解這一點後，我的緊張感馬上就鬆懈下來，當場吐出了一大口氣。就是說啊，仔細想想，那種程度的腳本分鏡怎麼可能會有兩本甚至三本。

但我在感到放心的同時也覺得失落。我不禁想著要是有兩本甚至三本的話，還是會想稍微看看這種學不乖的事情。

不過，既然已經知道是草稿，那就算不上什麼了。我就這樣一頁頁翻了下去。

果然第二頁畫的也是在《月之海》看過的場景，那《AMRITA》肯定就是草稿分鏡了。像是這裡牽起第四幕跟第六幕之間的線，假設我這個人類生命與非生命的分界就算定作是生命之死與自我之死的分界那自體跟相關主體存在的定義就會產生矛盾若是沒有分類生命精神自我存在現象就會變成同時認知並打從根本地再次構築出現在的情報定義這樣非連續性的遷移是透過必要的時間序列既然就連這個語言樣板都有兩三種語言交雜的典範轉移或帶有複數意義的話語之間透過文句脈絡的連續性判斷出高度化又高速化的情報堆積累積之後同時構築出多層且多元的相互關係以及解析跟並列化的並列化網化等價性時間場域空間場域文字音色光子電器信號小說音樂繪畫照片影像電影戲劇人生我這個人與全部所有透明幽靈的複合體……

我強硬地奪回意識，並絞盡全身的力氣將分鏡摔向牆壁。現在不但呼吸急促，還流了滿身大汗。

那種感覺，是那個時候的感覺。不，這兩者不同。這次更加強烈，強勁太多了。

然而剛才看的分鏡當中，沒有任何一幕是陌生的，完全沒有，全都是我熟知的《月之海》的場景，是已經看過無數次的圖。而且我看《月之海》的分鏡已經不會再發生異常現象了，為什麼現在會……為什麼？

最原就在一旁靜靜睡著，還發出跟剛才一樣的鼾聲。

5

後來，最原的感冒好了，也回到拍攝現場。

剩下還沒拍的場景也都順暢地進行，就此結束了為期三週的拍攝期間，迎來殺青。

在之後的製作工程中，若出現問題當然就得一段段重拍，但親臨製作現場的我們都確信一定沒有重拍的必要。應該是因為我們都親身體會到最原在執導上的所有算計了吧。

《月之海》的製作工程就此進到下一個階段。

III．剪輯

1

對於電影不太了解的人，往往都會認為電影只要拍完就好了。我以前也以為拍攝工作完成之後，製作電影的大半工程也都結束了。

然而實際參與拍攝之後，才知道那是大錯特錯。

就算綜觀整個電影工程，剪輯這項工作也是相當費力的環節。拍攝不過是提供剪輯時所需的素材而已，使用拍好的材料「製作電影」的工程正是剪輯，要說是製作電影的關鍵環節也不為過。

所以反過來說，無論拍了多少完美的場景，根據剪輯的結果，有時也會簡簡單單就變成一部平凡不過的電影。

而在這項足以左右電影命運的超重要工程中，我能做的工作只有一個，就是在

「電影院」站櫃。

「那你可要好好站櫃喔，二見同學……」

四十八歲店長今天也很可愛。

「我覺得現在比較流行由一間店面的店長親自站櫃前耶。」

「是這樣嗎……」

「不然就僱用一個比店長還要可愛的打工女孩站在這裡吧。」

「女工讀生的話，我們店有娜塔莉在啊。」

那位娜塔莉跟我同為這間店的工讀生夥伴，是瑞典人。撇開客套話，她真的是個媲美好萊塢女演員的美女，但不知為何差不多三個月只會來打工一次。我也只看過她兩次而已。

「我真的不懂為什麼還會繼續僱用她耶。」

「嗯……因為是個美女吧……而且電影的興趣跟我滿合拍的呢。」

「什麼？店長，你喜歡的電影是ＣＧ會襲擊而來的那種吧？」

「為什麼二見同學會這麼敏銳地看穿我啊？而且那不是ＣＧ，是大蟒蛇喔。」

「那種東西才不是大蟒蛇，是ＣＧ喔。」

「是大蟒蛇啦！」

「是CG好嗎！」

「再說了！你開口閉口都是CGCG的，乾脆去跟CG一起打工不就好了！」

「店長才是開口閉口都是大蟒蛇大蟒蛇的，乾脆僱用大蟒蛇不就得了！」

「那倒有點……」

我也不要。

「是說，二見同學啊，那部電影已經拍好了嗎？你說好像很厲害的那個。」

「被你說成這樣，聽起來就一點也不厲害了……拍攝的部分已經結束了，那個天才導演正在剪輯中。」

「喔～你說的那個人啊。既然如此，身為演員的二見同學已經沒事做了是吧。」

「對啊。音樂部分也有負責的學長正在閉關進行製作，我跟擔任攝影師的人能幫忙做的也就只有雜事而已吧。」

「導演跟音響都在閉關啊。那你就去慰勞他們一下吧？」

「只會妨礙到他們吧。」

「才不會呢。我在學生時代也有過閉關製作的經驗，但腦筋真的會打結到想不出好點子喔。要是沒有每隔一段時間就讓腦袋重組一下，就會失控做出奇怪的東西呢。所以現在回想起來，會覺得受到夥伴很大的幫忙喔。」

「是這樣嗎？」

「當然是啊。」

就在這時，我放在口袋裡的手機震動了起來。一看畫面，上頭顯示的正是兼森的來電。

「喂？」

『喂，二見？你好。』

「你好。請問有什麼事嗎？」

『不，沒什麼事啦。只是想知道你過得好不好。』

「怎麼這麼突然啊？我過得很好喔，超好的。」

『這樣啊。不，嗯。沒事啦。』

「你這樣講很令人在意耶……怎麼了嗎？」

當我問出口的時候，電話就被掛斷了。

這通電話到底是怎麼回事啊？完全抓不到重點。

「誰啊?」

「就是那個閉關的學長,搞不懂他找我有什麼事。」

「那當然……二見同學,大概就是那個了吧,他覺得寂寞啦。」

「咦~他不是那種人耶。」

「不,我能懂啊……他現在碰到撞牆期了吧……所有創作相關的人都會遭遇的那面牆……」

「你連他本人都沒見過,還講得這麼煞有其事……」

「你還是去慰勞一下比較好啦,也順便去看看那個天才導演啊。」

2

當我提著在便利商店買來的食物走向兼森的公寓時,就看到他在陽台上。他抬頭看著陰陰的夜空一邊抽著菸。這還是我第一次看到兼森抽菸的樣子。發現我之後,他就做出邀我上樓的手勢。看起來滿有精神的,除了在抽菸之外,感覺都一如往常。他應該沒有陷入瓶頸吧……

「我沒陷入瓶頸啊。」

兼森吃著我買來的飯糰，若無其事地這麼答道。看樣子果然是我白擔心了。

「樂曲方面感覺進展得滿順利的？」

「該說是順利嗎……」

兼森有些傷腦筋地笑了。

坐在椅子上的他轉了個圈，用沒有拿飯糰的那隻手輕輕碰了一下滑鼠，電腦就解開了螢幕保護程式。出現在螢幕上的是類似桌遊的視窗。

「看起來像是遊戲呢。」

「是遊戲啊。滿簡單的，還很有趣喔。」

「你原本在玩遊戲嗎？」

「我在玩遊戲啊。」

「兼森，那個……你果然還是遇到瓶頸了吧……」

「不是啊。我沒有在做。」

「咦？」

「說老實話，這次我一首樂曲也不用做。」

說什麼不用做……

「那是由誰來做呢？」

「還有別人嗎？當然是最原啊。」

兼森語氣平靜地這麼說。

畢竟我跟畫素在音樂方面確實是個大外行，所以也只剩下最原的這個可能性沒錯……但怎麼會……

「你不用露出那種表情啦，二見。我並沒有為此感到不滿。」

聽他這麼一說，我才趕緊收斂起表情。看來我剛才擺出了狐疑的神色。

「而且最原也沒在做了。應該說，已經完成了。因為這次會用的BGM就只有一首而已。」

兼森又若無其事地說了這種話。

「之前啊，我原本要在殺青後跟最原開會討論音樂相關的事。後來她就打電話給我，說借了一間錄音室。明明是要開會，我就滿心不解地赴約，結果看她帶了一把小提琴來，並對我說『我現在就開始拉，請你錄下來』。然後，她還真的拉完一首樂曲，而且拉得超好，我甚至覺得她可以去念音樂大學。所以我就拿了那份錄好的素材，現在就只差完成剪輯而已。雖然還要做台詞處理，以及音效相關的各種工程……但在樂曲方面我什麼都不用做啦。」

「什麼都不用做……」

我不知道該回應什麼才好，只是一臉茫然。電影的音樂會由導演像這樣製作嗎？就算退個百步來說，採用最原創作的樂曲就算了。但是，站在兼森的立場看來，被說只用這一首又是什麼樣的心情呢？明明是為了做音樂而以工作人員身分參與這部電影的，在這麼獨裁的體制下，他真的會感到滿足嗎？

「二見，你真是個好人耶。」

兼森拿起罐裝咖啡並打開了拉環。

「我當然也想要自己作曲。能夠參與這種電影的機會，這搞不好是第一次，也是最後一次嘛。但是，我的心情真的不值一提，只是雞毛蒜皮的小事。要是電影的品質被這點小事影響而下降，那才更令人難以接受吧。」

「但是……雖然不知道最原有多少音樂經歷，但你也是以前就在接觸音樂了吧。既然如此，我不覺得你們兩人做的樂曲會有多大的差距……」

兼森微微一笑，並將耳罩式耳機遞給我。當我戴上後，他就開始操作起滑鼠。

接著響起了小提琴的旋律。

這就是最原拉的曲子。

在那之後，樂曲播放了五分鐘左右。

我就靜靜聽著。

「你懂了吧？」

聽完之後，我在腦中反芻著自己的想法。那麼想真的好嗎？真的是我想的那樣嗎？

為了確認這件事，我心懷恐懼地說出那個答案。

「從場景５２２開始……」

「直到場景５４７為止。」

兼森接下回應。

真的如我所想。

這不可能。

這種事情絕對不可能發生。

兩個人竟會在聽了樂曲之後，想像了完全一模一樣的場景。

「為什麼……」

「你是要問為什麼腦海中會浮現樂曲要用在什麼地方嗎？還是為什麼能做出這種曲子呢？我也不知道。像我們這種凡人，可能過了一百年也無法理解吧。但就算是這樣的我們，還是可以說明這代表了什麼結果。這是為了在場景５２２到５４７之間播放而做出的曲子。同時，５２２到５４７的場景，也是為了讓這首曲子播出而拍攝的內容。如果只知道其中一個面向的話，應該不會覺得有什麼好奇怪的。但是，我們兩邊都知道了。所以才會發現如果這兩個沒有湊在一起，就會無法成立。」

兼森說的這番話讓我完全沒有反駁的餘地。因為我們看了、也聽了一樣的東西，並做出一樣的結論。我們完全逃不出導演最原最早的手掌心。

「你試想看看，二見。劇中都存在了這麼一首曲子，我還能用什麼臉加入其他曲子呢？」

我什麼都說不出口。如兼森所說，反駁的話全是謊言。

「既然都拿到這麼完美的素材，那我能做的，也只有努力不要抹殺這份素材而已。既不能再加些什麼，也不能再扣除什麼。這些事情最原自己一個人也能做到，我只不過是為了讓她省點力氣的工作人員而已，隨時可以替換。」

兼森說的話相當可悲。

可替換的工作人員。雖然腦中可以理解，但應該也沒辦法如此輕易切割。

而且這番話，也能直接套用在我身上。畢竟如他所說，我正是跟過世的人交換的工作人員。

「但是啊，二見。」兼森說道：

「我希望你不要誤會了。我啊，並不是對自己現在的立場感到不滿，反而很開心呢。大學的拍攝組一個學年有三十人，四個學年就是一百二十人。在那一百二十人當中，就只有我被允許以音響工作人員的身分參與這部電影。就算不是被選中，單純只是巧合也好。即使如此，我也認為這麼幸運的事情或許在人生中不會再有第二次了。這部電影可以在歷史中留名，而我當上了這部電影的工作人員啊。」

這麼說著的兼森露出相當幸福的表情。不，與其說是幸福，不如說是恍惚，彷彿委身於甜美喜悅之中的神情。

忽然間，我想起那個標題。

《AMRITA》。

名為甘露的電影。

「所以你也不用這麼顧慮我啦。不如說，我現在覺得非常幸福。」

「這樣啊……呃，那就好。」

「你呢？」

「什麼？」

「二見，你過得好嗎？拍攝結束之後，就幾乎沒有再見到你了嘛。」

「我嗎？過得很好啊。而且沒什麼事要做，不是在打工，就是在看電影或YouTube。」

「真是太棒了呢。那麼，生活上有什麼改變嗎？」

「沒有啊…………呃，為什麼這麼問？感覺很像醫生在問診耶。」

「不，我沒有那個意思啦。」

感覺有什麼難言之隱。

這麼說來，剛才那通電話也很奇怪。

「兼森，發生了什麼事嗎？」

「不……什麼都沒有發生。什麼都沒有。」

「怎麼會沒有呢？你都特地打電話過來了，不可能真的只是想問我過得好不好吧？」

我自己這麼問出口之後，居然回想起之前看的法國同志電影，不禁陷入陰鬱。不不不。不可能吧。

「說真的，就只是這樣而已。一想到不知道二見過得好不好，就越來越坐立難安……」

不太妙，這段對話的發展非常不妙。我是個很容易隨波逐流的人，要是有個萬一，人生就會大幅偏離了軌道。現在必須謹慎應對才行。

「啊，對了。我突然想到等一下要去帕爾斯電影院看通宵場，今天就先……」

「只是擔心萬一你被人殺害了該怎麼辦。」

正要站起來的我停下了動作。

兼森剛才說了什麼？就算想去聽懂這句話的意思，我的思考還是追不上。

被人殺害？

被誰？

我被殺嗎？

「那是……什麼意思？」

兼森點了根菸。

「不……也沒什麼特別的意思，不過是我杞人憂天又白擔心再加上被害妄想而已。你聽了應該也只會無言以對，但我真的就是愛操心的勞碌命……」

兼森一臉傷腦筋地笑著，香菸的煙霧在房間裡冉冉上飄。

「我不太明白你在說什麼……那個，可以請你完整說明一下嗎？」

兼森吸了一大口菸之後，便將菸灰撣在菸灰缸上，心情平靜地眺望著飄散的煙。

想了一下子之後，兼森將菸放著，開口說道：

「最原是天才。」

我沉默地表示肯定。這已經是我們都深知的事實。

「這既不是誇大的說法，也不是客套話，她就是個如假包換純粹的天才。而且不是在某件事情上比任何人出眾，什麼事情做得比誰都有效率的那種籠統的天才。她絕對是最頂尖，而且獨一無二的天才。這點你應該也能理解吧，因為你也是看過那份分鏡的人。」

就像兼森說的，我已經看過那份分鏡了。那份絕對不正常，讓人無法想像她是人類的恐怖腳本分鏡。所以對於「最原是頂尖天才」這種評語，我沒有任何異論。

「被這樣的天才吸引，大家便參與了這部電影。二見，你也是，畫素也是，而且定本也是。雖然定本沒有看到那份分鏡啦……但一開始把最原找來的就是那傢伙嘛，我想他應該也有感受到了什麼。」

兼森閒來無事地操作起滑鼠。煙持續從菸灰缸中飄著。

「定本在最原決定參與之後，就跟她聊得很投機了。我想，除了電影之外，他應該也對最原本人有興趣吧。最原在跟定本聊天的時候，感覺也很開心。雖然這只是我的主觀感想，但總覺得她在跟我或畫素聊天時會有點顧慮。不過她本來就很會騙人，我也不清楚她認真到什麼程度就是了……」

我還是聽不懂他想說什麼。我本來就不知道定本生前是個什麼樣的人。他現在講的這些事情，真的跟我有關嗎？

「然後，就像你也知道的，定本跟最原開始交往。不久後，他便死於一場車禍。但是……」

「……但是？」

「這真的只是偶然嗎？」

一開始，我甚至無法理解他指的是哪件事情。

連我自己都覺得心跳漸漸加快了起來。

「不……但那是一場意外吧？兼森，你不也說那場車禍是肇因於汽車的過失嗎？如果那場車禍並非偶然，又會是什麼呢？」

我盡可能冷靜地回問他。而且一邊回問，我腦中也不斷思考著。

兼森繼續說了下去：

「假設。這只是假設喔。如果這不是偶然，能不能換成這樣的看法呢？定本是因為跟最原交往而死。」

這個假設真的來得太過突然。

而且也不是在沒有任何證據之下就能教人相信的事。

「……兼森，你這樣說有什麼理由嗎？根據是什麼？」

「沒有啊。」

他的回答如此果斷，讓我不禁茫然。

「不……既然沒有，那為什麼……」

「我再說一次，這不過是出自我想像、妄想的一番閒話。既沒有任何她跟定本的意外有所牽連的證據，也沒有具體的根據。一般來說，定本過世之後，最悲傷的應該就是跟他交往的最原本人了吧。」

「那你為什麼還要說這種話呢……」

「這還用說嗎，因為她是最原最早啊。」

兼森的口氣就像在說一件理所當然的事情。

沒錯……原來是這樣啊。

我從剛才開始就感到不安的理由，我的心會感到動搖的理由。

那就是我們一定完全無法理解那個天才的心。

「就算定本死於一場車禍，我也只會感到哀戚，而不會產生任何懷疑。就算定本在發生車禍前開始跟誰交往，我也不會產生任何猜忌。然而，如果那個人是最原最早，完全就是另外一回事了。這會讓我不禁想像起平常不會去質疑的事情，我覺得二見應該能明白我的意思。這不是偏見，只是一種區別而已。」

兼森滔滔不絕地說著。

「這……」

我沒辦法反駁。因為我也認為，我們確實沒辦法跟最原相提並論。

「……那麼，兼森……」
這麼起頭之後，我不禁嚥下一口口水。心中那個冷靜的我，也取笑了做出像漫畫般誇大演技的自己。我拚命擠出內心的提問，感覺就跟觸碰了禁忌一樣。
「你的意思是，最原……殺了定本嗎？」
我沒有得到回答。
香菸的煙已經不再飄散。窗外覆蓋了天空的雲，也在不知不覺間散開。當中露出的月亮，看起來就像是某種答案。
「我啊……」
兼森開口說道：
「並不是要去追究什麼，也沒有要揭發什麼。我真的……就只是這麼想而已。」
沒錯，剛才這番話並不像推理或考察那麼嚴謹。
這只是傾訴。
將不禁產生的恐懼想法與他人分享，心情上就會輕鬆一些，只是這樣而已。
「最原拍的電影就像魔法一樣。這麼說來，最原就是魔法師了。沒錯……就是魔女。」

「魔女……」我戰戰兢兢地重複了這個詞。

「跟魔女交往的男人，馬上就死於一場意外。這會是偶然嗎？」

3

從飲料吧拿來的咖啡遲遲沒有就口，現在都已經冷掉了。遠離大馬路的家庭餐廳內，現在這個時間帶已經幾乎沒有什麼客人。

結果，我還是沒去最原家。沒辦法去。聽了那種話之後，我不覺得自己還可以表現出一如往常的態度應對。

走出兼森家之後，我一邊想事情一邊漫無目的地走著，在附近繞了好幾圈之後，便走進了這間家庭餐廳。思考完全沒辦法彙整起來。

來整頓一下思緒吧。我決定在帶出來的分鏡背面寫下筆記，重新整理一次兼森說的話。

第一個疑點。「是最原殺了定本嗎？」。

說真的，這個想法實在太過頭，我覺得是他想太多了。

首先，定本那場車禍在警方充分的調查之下，已經判定沒有犯罪的可能性。根據之前聽說的，定本是在騎車的時候，被沒在看交通號誌就轉彎的汽車撞到，他便連車倒下。但那輛汽車行駛的速度也沒有那麼快，會造成死亡的原因是撞擊到致命的地方吧。當然，那個加害人跟定本之間完全沒有關係。

如果要說這場車禍是偽裝成意外的殺人事件，這樣的思考還是太跳躍了。畢竟要是沒有撞擊到會致命的地方，獲救的可能性也非常大，以故意安排的意外來說不確定要素太多了。果然還是將這起車禍視作偶然的不幸意外比較合理。

而且就算是最原策畫殺害他，也完全不懂她的動機是什麼。為什麼要用偽裝車禍的方式殺害才剛開始交往的男朋友？他們兩個應該是在車禍前兩三個星期才剛認識而已。除非說他們其實是遠房親戚並有遺產糾紛，不然我連一個像樣的動機都想像不到。

然而我也跟不上最原的天才思維，去臆測她的動機可能也毫無意義。

總之現在可以確定的是，最原透過某種方式殺害了定本的這個假設，都無法用合乎邏輯的方式思考出其方法或動機。

所以，就試著放寬條件思考看看。先別提殺人，換個方向想想「最原跟定本的死是不是在某種形式上有所關聯？」這點好了。

我覺得，這就不是不可能了。

就像我，在看《月之海》的腳本分鏡時不但備受衝擊，在最原房間裡看《AMRITA》的時候，甚至令我害怕到無法繼續看下去。如果是跟電影製作有關的人，肯定會受到很嚴重的影響。

也就是說，可以做出的假設是：定本在跟最原交往之後，受到了某種重大衝擊，並在對人生感到悲觀的狀態下胡亂駕駛，才遭遇了那場不幸的意外。

然而，這個說法也不太實際。畢竟有過失的是汽車那一方，定本只是跟平常一樣在駕駛而已，感覺並非失控或意圖自殺。

最後就倫理上來說，還是會回到「最原跟定本的車禍沒有關聯」這個結論。所有狀況都在在顯示出定本遭遇的車禍無庸置疑是一場意外，想在這起事件上找出犯罪的蛛絲馬跡還比較困難。

就這樣，在腦中的整理已經有了明文的結論，再也沒有其他該想的事情了。理應如此，然而我卻依然坐在座位上沒有起身。

我跟兼森之所以會不禁思考這種荒謬事情的理由。

天才最原最早。

她的成就、她的舉止、她的思考。她或許會做出超乎我們想像的事情，她或許辦得到。光是這個事實就會讓我們感到不安。

我能理解兼森剛才會對我說這件事的理由。

因為，我是接任定本的演員。

因為，我搞不好也會遭遇危險。

在聽他講完之後，兼森的表情看起來很是憔悴。他一定是自從定本死後，就一直想著會不會有並非意外的可能性。然後我又出現在他的面前，才會讓那股恐懼感再次湧上心頭。最原找來了一個新的演員，讓他感受到搞不好身邊又會有人喪命的恐懼。

剛才那番話，他應該可以更早告訴我才對，在聯歡會那天應該就能對我說了吧。他大可告訴我對於定本的死所抱持的懸念，並勸我不要參與這部電影。

但是，兼森直到今天才對我說。

沒錯，直到拍攝都結束為止。

這一定是為了這部電影所做的設想，就只為了完成這部非凡的電影《月之海》。

想讓這部電影完成的欲求，以及為此會犧牲掉某個人——兼森一直在這兩種意識之間煩惱著。

當然，會有所犧牲只是一番臆測。定本是死於意外，我也沒有想死的念頭。

即使如此，兼森心中還是被逼著在電影跟人命之間做出選擇。

那要是換成……我呢？

我會怎麼做？如果有人說想看見這部電影，就要拿某個人的性命交換的話……

兼森做出選擇了。就算沒有確切的證據，就算還是半信半疑，他依然做出選擇了。他選擇賭上某個人的性命。

這世上真的有足以拿人命做交換的電影嗎？這種電影真的可以存在於世嗎？

我雖然這麼想，但或許在內心某處，也想看看比一個人的性命還重要的電影。

為什麼會想看電影到這種程度呢？

為什麼會這麼喜歡電影呢？

對我來說，電影又是什麼呢？

究竟……何謂電影？

就在這時，我聽見一道叩叩的聲音。在外頭敲響玻璃的人，正是晝素。

4

來到店內的畫素很快就把一份鐵板套餐吃個精光，正品嚐著飯後的咖啡。

「畫素，妳都不會胖耶。」

「會胖啊～一個不小心馬上就會變胖，而且稍不留神就會把『動物醫院』寫成『腫物醫院』了呢。」

「還真是小眾的獸醫啊……」

「那麼，餐點也吃完了。二見。」

「什麼事？」

「我剛才從外面一看，覺得你好像很消沉……」

「啊……那是因為……有點事……」

「在這種時候還真是抱歉，但我有事要拜託你。」

「照剛才這個發展看來應該是要安慰我吧！」

「太棒啦！被二見吐嘈了！」

「故意的喔！」

為什麼要這樣……我光是應付另外一個人，就快要超出負荷了說……

「因為我總是在後面看著你跟最原這樣的互動，也很羨慕你們感情這麼好啊，所以我時不時也想讓你犀利地吐嘈一下嘛。」

「我倒覺得還要再增加更大的負擔，對我的精神健康不太好耶……」

「這樣啊……不然偶爾就行了，可以對我吐嘈嗎？」

「咦？啊，好。偶爾的話是可以啦。」

「好耶！」

不小心跟她打情罵俏了。

這麼沒意義的吐嘈日常，原來也有美好的一天啊……

「但我是真的有事情想拜託你喔。」畫素接著說道。

「什麼事呢？只要別太強人所難都好說。」

「雖然不會強人所難，但還滿麻煩的……那個，我希望你能讓我重拍一段。」

「重拍？」

重拍。重新拍攝。

殺青之後，如果在剪輯時發現致命的錯誤，就必須重拍那一幕。但以自製電影來說，拍攝結束之後演員跟工作人員基本上都會各忙各的，而且器材也有租借的期間限制，所以不是什麼好事。如果沒辦法重拍，要不是在後製的時候想辦法蒙混過去，就只能含淚放棄了。

但以這次的狀況來說，工作人員也少，器材也不是租借，而是跟電影研究會借的，想要重拍並不會太困難吧。

不過令人意外的是，竟然會需要重拍。我曾以為完全奠基在最原的道理之上的攝影內容，不可能出現致命的錯誤。

「這並不是最原說要重拍的，而是我。對不起，是我的自主重拍……」

或許是察覺我會這樣反問的原因，畫素縮起身子這麼說。

所謂的自主重拍，就是各司其職的工作人員發現自己的錯誤時提出的重拍需求。有時也並非出錯，而是為了提高品質才會希望重拍。這很常發生在格外有著專業氣質的工作人員身上。

「那要怎樣重拍呢？是畫面驟變的感覺嗎？」

「不，雖然沒到那個程度，但在平移運鏡的時候有點失敗……」

畫素從自己的包包中拿出筆記型電腦，並在桌上打開。

「請你看一下。我會從兩三幕前的地方開始播。」

數位拍攝跟膠捲就是不一樣，只要有電腦就能輕鬆確認了。對我們這種業餘人士來說，是個令人欣喜的變化。

畫素輕敲了幾下觸控板便開始播放。大概是在場景470那附近。

當我仔細看過之後，發現某一幕的平移速度有點晃到。她指的就是這裡嗎？但說真的，我覺得這點程度完全在可容許的範圍內。她要是沒跟我說，我搞不好都不會注意到。

「這……應該沒差吧？觀眾大概看不出來喔。」

「但是，你一看就知道了吧？」

「畢竟妳剛才都跟我說要重拍了，當然會看得比較細嘛。要是從頭看下來，搞不好就不會注意到了……」

「其實，我一開始也覺得應該沒差。雖然我在拍攝的時候就有點在意了……但因為最原感冒的關係，讓拍攝進度有點緊湊，我就沒有說了……」

「那也沒辦法，實際上確實有點趕。」

「但在所有拍攝工程都結束之後，自己再回頭看那些場景，無論如何還是很介意。雖然其他也有很多想修改的地方……但唯獨這一幕，唯獨這個平移的畫面，我不管怎樣都想修正。」

「為什麼特別堅持這一幕呢？」

「因為這一幕，是正要導入尾聲的地方啊。」

「是啊，距離尾聲大概剩五分鐘左右吧。」

「所以，才更希望觀眾可以專注於電影當中，完全沉浸在最原的電影裡頭。不希望他們受到多餘的事情影響。」

畫素以認真的眼神盯著電腦畫面中播放出來的場景。

「要是因為我的平移運鏡害觀眾的注意力中斷，不論要向最原跟觀眾道歉幾次都不足以彌補……」

畫素是認真的。

無論是對自己，還是對觀眾，以及對電影都是認真的。

「我之前也說過了，《月之海》絕對會是一部很棒的電影。所以，我想堂堂正正地說，我是參與這部電影的工作人員。」

視線從畫面上移開而抬起頭來的畫素笑了。

那是一抹完全沒有愧對於電影的笑容。
「不過，出包的我好像也沒資格講這種大話就是了。」
「畫素。假設……這只是假設喔。」
「什麼事？」
「要是為了拍出最棒的電影而必須犧牲一個人的性命，妳會怎麼做呢？」
我不禁將剛才不斷自問的事情脫口問出。
我很想知道畫素會怎麼回答這個問題。
「好沉重……這是怎樣……也太沉重了……」
「不好意思。」
畫素為這個唐突的話題而感到困惑，但她似乎有感受到我的焦慮，便重振心情，陷入沉思。她一圈又一圈攪拌著咖啡，看著冒起的熱氣「嗯——」地低吟著。
「視時間跟狀況而定。」
她給我的回答，超乎我意料的高明。
「視狀況的意思是……就算犧牲了一條人命也沒關係嗎？」我反問道。
「與其說視狀況，應該是看人吧。看是誰的性命。如果是素昧平生的凶殘罪犯，那就算死了也沒差，但若是家人之類就絕對無法接受。這樣講或許很冷淡，但大家都會這樣想吧？」

畫素的意見相當符合現代社會，很自我中心，但也因此不會被多餘的事物侷限，我覺得是個明確的回答。

「所以，絕對有比電影更重要的生命。」

「是誰的生命呢？」

「自己的生命。就算拍出世界第一的電影，我要是沒能看到就不具任何意義。那根本糟透了。」

畫素帶著微笑這麼回答。確實就如她所說。

我不禁想起結局糟糕至極的定本。取代他演出的我，能做到的事情只有拍出最棒的電影，讓定本的結局更加糟糕而已。

後來，我們就為了那一幕進行重拍，而且轉眼間就拍好了。最原看了重拍的那一幕，只是說了一句「沒問題喔」。

不久後，我就收到最原的通知。

重點就是剪輯工程已經告一段落。在那之後，就是最原跟兼森兩人要進入調整音效的工程了吧。

《月之海》即將完成。

IV・試映

1

黑。

全黑的畫面。

室內的電燈都關上了，所以此刻全包覆在黑暗之中。

接著出現的是青白色的光。

在全黑的環境中無法分辨螢幕的外框，但大概是在畫面的左上角。

那個小如針孔的光點，帶著一圈閃光，一點一點漸漸放大。

直至光芒擴散到整個畫面，已經完全呈現出一片白。

接著白光淡出之後，就浮現了一道風景。

房間。那是拍來外景用的房間。

第一幕。

我看著用固定鏡頭拍出的整個房間。

房間的牆壁是白色的。裡頭有書櫃、有床，也有桌子。桌子上有一台筆記型電腦，螢幕上呈現出一段文字。看起來像是一封電子郵件，然而距離鏡頭太遠了，讓人無法判別內容寫了什麼。

突然間，一道聲音響起。是最原的聲音，也就是電影女主角的聲音。

那是一道很美的聲音。播放的音量明明很大聲，我卻覺得那道聲音很安靜，並覺得這是一部安靜的電影。電影相當安靜地播放下去。

她在等人。在等她的戀人。現在分隔兩地的戀人。

電影開始大約十五分鐘的時間內，鏡頭都一直追著她跑。在劇中，連她的姓名都沒有公開。畫面只是一直追著她這個平凡的人，過的平凡無奇的生活。看著看著，我也變成她了。我看著她度過的生活，追尋著她的心情軌跡。

十五分鐘過後，變換了鏡頭。畫面中出現了一位男性。是我。那是我飾演的男人。

是那位女性的戀人。沒有公開他的名字。鏡頭又開始追著他跑。

然而影像的質感產生了變化。像是經過了某種處理，呈現出稀薄的現實感。這是她的回憶嗎？抑或是她的妄想？我們這些觀眾分辨不出來。就連在播放男人的影像時，我也一直不斷地追尋她的心情軌跡。

到了三十分鐘時，鏡頭再次拍向那位女性。

她依然過著一樣的生活。日日夜夜，或晴或雨，日復一日。

就在這個瞬間，似乎拍到了什麼，但我沒有看得很清楚。就連參與電影拍攝的我都不知道是哪一幕。

然而，就算無法用肉眼確認那個影像，我們其實都已經知道，也早就想像過肯定會呈現這樣的畫面。那是他的臉，是在她心中的他的記憶。

當我想到這點時，不禁落下一行清淚。我哭了。當我自己發現不禁淚流之後，情感才隨之湧上。

孤獨的哀戚，對於自己無能為力的嘆息，以及難以承受的寂寞。讓人覺得要是現在沒有哭出來，自己的心一定會崩壞。

她現在一定也正在哭吧。眼前的畫面中並沒有她的身影，也沒聽見她的聲音。但是，我能確定她一定正在哭泣。

這時鏡頭再次轉向筆記型電腦。畫面中的電子郵件依然遙遠，讓人無法辨明。

但我覺得，那上頭寫的一定是好消息。不知不覺間，心頭的哀戚感全都一掃而空了。持續到方才的那種心情彷彿是個假象。

她關上電腦，換上衣服就走出了房間。

這時鏡頭依然拍著她已經離開的房間。

螢幕切換成一整片藍。在那之後，就出現了Windows的畫面。我回過神來環視四周，雖然昏暗的室內讓人只能看清輪廓，但無論畫素、兼森，還是其他來看試映的工作人員們，大家全都做出一樣的動作，很是可笑。

大家一定都哭了吧，就跟我一樣。

接著，我看向坐在我隔壁的她。就只有她一如往常。

她對著坐在隔壁的我，既沒有笑，也沒有哭，只是說了一句「這樣就完成了」。

2

慶功宴儼然成為「圍繞最原最早聚會」了。

這次是在試映也結束之後的終局慶功宴（殺青的時候也有辦過一場慶功宴，但不管想聚餐幾次當然都沒問題），因此所有來幫忙製作的工作人員們都有參加。然而他們全都聚集到了最原身邊。

與其說大家都在跟最原聊天，感覺比較像是在聽最原的教誨。雖然對大家滿失禮的，但我不禁想像了動物們聚集在佛陀身邊的畫面。不過最原不像佛陀一樣是會主動闡述的人，她看起來比較像在一一回應身邊接二連三拋出的提問。

這也是無可厚非，畢竟才剛看完那部電影而已。一旦聽說那是同一所大學的學生做出來的，當然會想去問她製作相關的事情。其品質就是這麼好。

我同樣很想去跟最原暢談《月之海》，但一看到那樣的弘法光景，我就不想踏入其中。

「我懂。要是混進去那裡，感覺就會變成路人甲了嘛。」

一旁的兼森分析了我的心情。

「有種被搶走的感覺對吧，明明是我們的最原。」

「要說她是我們的，感覺好像也不太對。」

「怎麼會呢。畢竟圍在那邊的每個人，應該都聽不太懂最原在說什麼吧。」

「哎呀，這點確實是要習慣一下……我覺得她講的話本身沒有多難懂喔，而且也會混入一些毫無意義的謊言。」

「就這點來說，二見你很快就適應了呢。可說是天賦異稟啊。」

「什麼的天賦啊？」

「吐嘈的。」

讓人一點也開心不起來。

「但是，真的拍出一部好電影了……我還真沒想過會是一部這麼厲害的電影。而且我也嚇了一跳，沒想到定本會寫出那麼靜謐的腳本啊……不，我當然也知道最原在分鏡上多少有做點調整啦，即使如此還是覺得很感動。一想到被定本打動，我就有點後悔呢。」

「定本以前會寫些什麼樣的腳本呢？」

「在這之前，定本寫的感覺都更通俗一點呢。因為定本想拍能獲得評價的電影，所以比起小眾，更以大眾為志向。因此他會寫出像《月之海》這樣，在某方面來說是以寂靜為重點的腳本，讓我滿意外的。」

「哦……也就是說，其實定本拿手的範疇很廣泛呢。」

「大概是吧。他過世真的很令人惋惜啊。但臨別時留下了這樣的腳本，也算是一種救贖吧……真的是一部很棒的電影。」

兼森的臉已經變得很紅了，看起來心情非常好。

而且，聽他這樣說，其實我也有些意外。

「意外？為什麼？」兼森朝我回問道。

「就是……看了《月之海》……」

「嗯。」

「我覺得這是一部很棒的電影。」

「我也是這樣想喔。剛才不就講了。」

「對，是沒錯。只是……我總覺得你所追求的，應該是更加不一樣的電影才對。」

我一邊思索著說詞，一邊問道。

兼森所追求的電影。讓人覺得無論將誰的性命放上天秤都可以的電影。神的電影。

《月之海》絕對是一部很棒的電影。然而，要說那是不是超越兼森想像的電影，感覺又不太對。

「也是呢。我所追求的，一定是更加卓越的電影吧。就這點來說，《月之海》並沒有達到我的期待。」

「那果真還是……」

「但是呢，我的想法改變了。」

兼森實在說得太輕鬆，反而讓這樣問的我感到不知所措。

「想法……改變了？」

「我在看完電影之後，想法就改變了。而且還是突然間就變了。」

兼森繼續說道：

「這讓我也想拍這樣的電影。直到昨天，我都不可能有這種想法。我應該喜歡更獨特一點的電影……但我現在想拍像《月之海》這樣的電影。想再體會一次那種幸福的感覺，也想透過電影，把這種心情傳達出去。」

說著這番話的兼森明明比我年長，看起來卻像個少年。因為找到想挑戰的目標而雀躍，並對未來抱持滿滿期待，就是這般幸福少年的表情。

「這讓我久違地再次體認到，電影就是會打動人心的東西。所以，二見……就是……希望你能忘掉之前我跟你講的事情。雖然這樣真的很自作主張。」

所謂「之前的事情」當然是指車禍的事情吧。或許並非偶然的那件事。

「那件事已經沒關係了。我也忘記了。」

「這樣啊。嗯……謝謝你。」

我們輕碰了酒杯。

「二見，辛苦你了。」

兼森感覺就像拋開所有陰鬱一樣。無論是定本的事情、最原的事情，還是電影的事情，全都已經拋諸腦後的感覺。兼森心中那份將他束縛已久的疑念，以及對電影的渴望，應該都被《月之海》洗滌乾淨了吧。

所以我……

有種被拋下的感受。

我剛才也說了，我覺得《月之海》是一部很棒的電影。沒錯，我自己明明這樣說了。

但我的內心是不是忍不住去追求了呢？

追求更不一樣的電影。

追求更加超越的電影。

「要不要再來點酒啊～」

這時突然跑來的酒促中斷了我的思考。原來是畫素。

「你們兩個在聊什麼啊？酒杯都空囉～來來來。」

她不斷往杯中注入玉極閣，並熟練地拿了茶來兌。是說那一大瓶很明顯就是自己帶的。

「這可不是自帶的喔。」

「不然是什麼呢？」

「是自呆的～」

「拜託說明一下！」

「這是人類為了因應地球環境惡化而誕生的自帶全新形式。」

結果還是自帶啊。

「是說妳喝醉了吧，畫素。」

「我沒喝醉！」

「喝醉的人都會這樣說。」

「我……我喝醉了！」

「妳看，就說妳喝醉了吧。」

「唔……我……我沒喝醉了！」

語法已亡。

「畢竟啊，二見……沒醉怎麼還能撐得下去呢……我也想跟最原分享電影完成的喜悅，但那邊感覺就像什麼竹林精舍一樣了……」

「哎呀，續攤之後信者也會比較少了吧。在那之前就請跟我加深交流吧。」

「要怎麼加深？」

要怎麼加深？一被這樣問，想像的羽翼就會展翅高飛了吧。既可以那樣加深，也有這樣加深的方法呢。

「請問你剛才做了什麼樣的想像？說說看啊，二見。」

「像是以實現永久和平為主旨的議題吧。」

「騙人……」

她朝我投來冷淡的眼光。

「坦白說吧，畫素。我也是一個健全的男大學生，一聽到跟女生交流這種字眼，當然會忍不住想像有點色的事情啊。」

「色色色的事情！」

「不，沒有那麼色……」

「色色……」

「還是太多了……」

「對不起。」

「不管怎樣！用那種眼光看待女生還是不太好。」

「而且，要是對我說這種話，會被最原誤會喔。」

「誤會什麼？」

「二見，你喜歡最原吧？」

「妳誤會了。」

這誤會可大了。而且偏偏還是畫素……

「哪有誤會，明眼人看就知道了。我覺得你跟最原聊天的時候，才會表現出真正的自我呢。」

「原來那樣是真正的自我啊……」

「而且從旁人看來你們兩個很相配啊，鬼愛（註3）的感覺。」

「我才不要那種感覺會吃人的愛！」

「但我也覺得二見跟最原感覺還不錯呢。」

兼森說出多餘的意見，對畫素來說簡直是來助陣的，她也說著「看吧～」並露出笑容。

「二比一呢。」

「不不不，這種時候不該拿出民主主義定奪吧。」

「二見的意見才不是以民主主義的過程為前提！你這個核武恐怖分子！」

不知不覺間我就被當成《沉默的艦隊》的主角海江田了。再這樣下去早晚會陷入腦死，我得快點解決問題。人類還需要我啊。

註3：日文音近相配。

「畫素，請妳坐在那邊。」

我指向坐墊之後，畫素就乖乖跪坐在上頭。相對的，我也跟著跪坐起來。

「我跟妳說，畫素。請妳仔細聽好了。」

「什麼事呢？」

畫素的眼神直直看著我。唔！明明是我要跟她這樣面對面的，沒想到壓力這麼大。

但我可不能輸。要是再被她誤會我跟最原是情侶，就只會陷入吐嘈的無間地獄而已。雖然那樣聊天也是有其樂趣，但我比較想談一場普通的校園戀愛。

「畫素。」

「什麼事？」

「其實我……」

這時，我的動作停了下來。就在準備說出下一個字時，攪拌棒就抵上了我的嘴。

畫素用攪拌棒止住我要說的話，並露出滿臉笑容說：

「我也是個女生，要是有男生向我告白，當然會開心得想飛上天，心兒也會怦怦跳，想說乾脆就跟他交往好了。」

攪拌棒離開我的嘴邊之後，緩緩抬升到我的眉間就停了下來，並輕輕抵上。感覺就像被冰錐抵著一樣，讓我緊張了起來。

「但在心裡還有其他女生的時候告白，我覺得應該不太好吧。你認為呢，二見？」

一滴水從額頭上滑落。現在就冒出冷汗也太快了，所以應該是兌茶燒酌，但冰涼到足以讓我的膽子發顫。

「我覺得……不太好。」

「就是說啊～那麼，你是要說什麼來著？其實你？」

畫素將攪拌棒從我額頭拿開之後，舔了一下尖端的地方。我心想：好像有在動物頻道看過這種捕食者。

「其實我覺得壽司就是要吃鮪魚。」

「海膽之類也很美味喔。」

「說得也是呢，我會重新審視的。」

「很好。」

畫素表示同意地點著頭，就將攪拌棒放回我的酒杯裡。

「那麼，我去找最原玩囉。」

說完，畫素就跑到最原的弘法區去了。

捕食者離開之後，我總算撿回了一命。看樣子在一旁受到波及，同樣被降格成獵物的兼森也逃過一劫。

「我們劇組這兩個女生都是美女……但也很可怕呢。」

「就是說啊……」

「反正我對她們沒有那個意思，說真的毫無關聯。二見，你加油吧。」

兼森對我投以像在看可憐羔羊的眼神。

「不過，不管你想追誰，都用不著這麼急吧。慢慢花時間去煩惱就好了。畢竟，大概還有下一次吧。」

「下一次？」

「下一部電影啊。二見，你難道不想再跟這個劇組拍電影嗎？」

下一次。

下一部電影。

就是說啊。因為電影已經完成，我就只想著之後要上映的事情而已。但電影拍完之後，當然會論及下一部電影吧。

兼森已經大三了，之後應該會因為求職及小組論文等事情變得比較忙碌，但其他成員都還有很多時間可以參與製作。

也就是說，還能繼續拍。我們這幾個人還能繼續拍媲美《月之海》……不，是更加厲害的電影。

如果想看更加超越的電影，那讓往後的我們自己來拍就好了。

思及此，我馬上就朝那個人看了過去。

說來慚愧，但為了要做出那麼厲害的電影，看來還是需要由她來引導。

「不知道那個天才是怎麼看我們的呢。」

「應該滿有好感的吧。雖然我剛才說你喜歡最原，但我也覺得，反而是最原對你滿有興趣的呢。」

「真不知道自己有什麼地方能讓她感興趣。」

「像是吐……」

「……」

「像吐溫的地方吧。」

「兼森……你不用這麼勉強啦。」

總之。

雖然第一攤直到最後都幾乎沒跟最原說上話，續攤時參加的人數果然也減少了，過了凌晨兩點，就只剩下平常這四個人而已。

在那之後，我們都在聊電影的話題。大家明明已經喝得很醉，說的話卻比第一攤還有跟大家續攤時還要多很多。

像是關於《月之海》的分析及反省、之後上映會的計畫，甚至還有討論到要不要拿去參賽。我們都覺得就是拍出了這麼優秀的電影，實際上也是如此。

最原也比平常還要多話一些。到了現在，還聽她說了幾個在拍攝期間都沒聽過的事情。看來在《月之海》當中，還埋了好幾個我們沒有發現的表現手法。

最後，我提起下一部電影的話題。雖然還沒說到具體內容，但無論是畫素、兼森還是我，都盡情列舉出了好幾個下一次想拍的電影。最原說她並沒有特別堅持想拍的內容，但這番話聽起來，就像是理所當然地隱含著下次也願意一起拍電影的意思。

3

直到天快亮的時候，我們四個人才解散。

我推著腳踏車，漫步在漸漸亮了起來的井之頭公園。最原就走在我身邊。雖然我很想送畫素回去，但很可惜的是，我家就跟最原家同一個方向。

若要往我們各自的家走去，直接穿過公園是最近的。清晨的井之頭公園人煙稀少，帶著寒意的空氣很是清新。如果現在走在身邊的人不是最原，可說是最佳情境。

「你剛才是不是想了什麼失禮的事情呢？」

走在身邊的最原說了這種像是具備讀心術的話。

「不，沒有啊。我沒特別在想什麼。」

「看來只有我呢。」

「妳想了什麼失禮的事情對吧！」

「我在想，二見真是個很棒的學長呢。」

「真心話是？」

「我在想，二見真是個很棒的纖芥呢。」

「又不是細小垃圾！妳在說我是細小垃圾吧！」

這麼大聲嚷嚷的吐嘈，嚇得池邊的鴨子們也紛紛騷動起來。像在與之較勁一般，待在樹上的烏鴉也跟著揚起啼聲。聽到烏叫的流浪貓為了不讓搜刮來的垃圾被搶走而發出低吟，開始擺出威勢。清晨的氣氛蕩然無存。

跟這樣蕩然無存的氣氛很是相襯的最原，若無其事地走在蕩然無存的氣氛之中。我淺淺嘆了一口氣，便在她身後跟上腳步。

看著她的背影，我一邊想。

就是這個女生拍出了《月之海》。

那是一部很美麗的電影。就像是被磨得相當細緻的月光石一般，包覆在溫柔光輝之中的影像。無論是我、畫素還是兼森，都為那舒坦的光輝著迷，也震撼了心靈。

然而，就連給我們心中帶來衝擊的那道光，都不過是她片鱗半爪的才能而已吧。那部電影肯定也只是從最原這個天才的縫隙之間渲染出的明暗罷了。

她的才能不僅如此。

不管我們這種沒有天賦的人再怎麼透過那個縫隙窺視，也都會因為渲染而出的光芒太過耀眼，根本看不見她的內心。

現在，我好像稍微能體會定本的心情了。

著。

以後也想繼續看著這道光芒，一點也不想失去。想化為己有，並一直珍惜地愛護著。

尊敬、欽羨、嫉妒、愛慕……混合了各種心情之後，最後浮現的是最單純的心意。就只是想要那樣的寶物。

當我緊盯著眼前那個獨自向前走去的寶物時，好像稍微能體會定本的心情了。

這時，她突然停下腳步回頭看我。這也讓我自然地佇足。

「你愛我嗎？」

就和第一次跟最原見面時一樣，她沒有任何前提地對我這麼問道。

我……

我竭力、努力、盡力讓自己冷靜地做出回答。

「我不愛妳。」

最原露出了淺淺的微笑。

在最原家的門前，我提出了一個疑問。或許這其實是我一直都很想問的事情。

「妳喜歡定本的哪一點呢？」

她輕而易舉地做出回答：

「他的吐嘈。」

踏上歸途時，我陷入絕望。這讓我覺得各方面來說可能都已經太遲了。

但是，以後還多的是可以思考的時間。就像兼森說的，慢慢花時間去煩惱吧。一邊拍著下一部電影，一邊拍著再下一部的電影，希望我們四個人盡可能地繼續拍下去。這想必是世上最幸福的事情了。

隔天，最原失蹤了。

4

最原不見人影之後，已經過了一星期。

那次聚餐的隔天，最原沒有來學校。但我們都認為既是喝完酒的隔天，電影也完成了，應該是想悠哉地休息個一天吧。但當她三天都沒來，我們試著聯絡她時，才發現電話打不通。

我跟畫素一起到她家查看，卻是誰也不在。打開鑰匙進到屋內之後，只見裡頭跟之前我們來時一模一樣，沒有特別收拾或打包過東西的跡象，就只有屋主突然不見了而已。

「搞不好是回老家了吧？或是去旅行之類。一定馬上就會回來了啦。都是大學生了，用不著這麼擔心吧。」

畫素說得非常有道理，我自己也覺得只是一星期而已，就把事情鬧得這麼大，好像太不成熟了。畢竟家裡的門都有鎖上，當作她出門了比較合理吧。

只是，我也說不太上來。

就是覺得不能放著不管。

如果放著不管，她就會不見。我不由得產生這樣的感覺。

但要是問我具體來說得去哪裡找她，也是毫無頭緒。結果，我也只能偶爾打打她的手機，並聽著話筒傳來「您撥的電話沒有回應」。

雖然導演不在，《月之海》上映會的準備還是一步步地進行。我們向大學借了一間較為寬廣的教室，並決定選在學生比較好配合的傍晚時段播映。

由於宣傳海報也已經做好並張貼在校內了，應該會有一定程度的觀眾來看，而且想必也有滿多人會衝著「導演：最原最早」這項資訊而來，可能還會有好幾個教授來看。

就這樣，宣傳工作也完成之後，已經沒有其他要做的事情了。接下來就等到當天，用教室的投影機播放電影而已。

所以，就算我今天也姑且先來到社辦，果不其然兼森跟畫素都沒來。當然我也不是因為有事要處理才過來，只是一種習慣。

沒有任何人在的社辦，簡直就像攝影布景一樣沒什麼現實感。

難不成這一個半月的拍攝過程都是一場夢嗎？桌上放著《月之海》的ＤＶＤ光碟，裡頭會不會其實也是空的呢？

看了一眼光碟的背面，確認了真的有燒錄的痕跡之後，不禁嘆了一口氣。我在做什麼啊？就算在這裡傻等，最原也不會來。

正打算要回去時，門口響起了敲門聲。

會是誰啊？畫素他們不會敲門，當然最原也不會。如此一來，會是自治會的人嗎？除此之外還有可能來到這個社辦的，應該就是想加入社團的人了吧。但那應該也是在上映會之後才會出現。

應門之後，門口站著一位我不認識的女性。

她有著一頭漂亮的長髮，戴著細框眼鏡，並穿著一身套裝。雖然身材嬌小，年紀應該比我大吧。

「不好意思，請問這裡是社團『Cinema Magura』的社辦嗎？」

那位女性用略為低沉的嗓音問道，聲音聽起來比她的外表還要更加成熟。

「嗯，是沒錯……請問妳是？」

「我是西醫科大學的研究生，叫篠目合歡。初次見面。今天是透過間宮老師的介紹才會來訪。」

她說的那位間宮老師雖然是電影系的教授，但跟「Cinema Magura」也沒有什麼關聯。到底是透過怎樣的介紹呢？

「喔，這樣啊……」

「我聽說這裡有最原最早拍的電影……」

「啊，是的，確實有。」

「請問可以借一下影片的複本嗎？」

自稱篠目合歡的女性，似乎要來借《月之海》。

原來如此。也就是說，間宮老師看到我們張貼的海報，才告訴她這裡會有最原的電影吧。

但《月之海》是尚未上映的作品，就算是教授的請託，也不能隨便借給不認識的人。

總之我先請篠目小姐進到社辦裡，再聽看看她怎麼說。

「請用茶。」

「不好意思，有勞你了。」

篠目露出溫柔的笑容這麼說。她是一位成熟的女性。既然說自己是醫大的研究生，年紀大概就是二十五六歲吧。

「那麼，妳為什麼想借最原的電影呢？」

「我在大學研究生理學，確切來說是神經生理學就是了。其實之前我們的教授，有從貴校的間宮老師手中借來一部電影。那正是最原同學所拍的作品。」

「最原拍的電影……」

說到最原拍的電影，在《月之海》之前應該就只有一部才是。也就是入學考試時提出的，讓教授們議論紛紛的那部自製電影。如果是間宮老師給出去的，大概就是那部了。

「那部電影引起我們莫大的興趣，因此我們的研究室現在正拿它來進行研究。」

「研究？」

「是的。」

「但你們是醫學系對吧？研究的是生理學？為什麼會進行電影的研究呢？」

「一般來說確實不會。但是，最原同學的電影是特別的。呃，不好意思，你叫……」

「我叫二見。」

「二見同學，你有看過那部電影嗎？」

「沒看過耶……我想，妳指的應該是她在入學考試時提出的作品。如果是那部電影，學生並沒有機會看到。」

「這樣啊。那部電影很有趣喔，真的……」

篠目小姐一臉沉醉地這麼說。

同時受到絕大讚揚與嚴重批判的，最原的第一部電影。

「那究竟是一部怎樣的電影呢？」

我很直接地問道。

篠目小姐先交疊了手擺到桌上，並思考了一下。

「這個嘛……不……那應該不能算是電影吧？感覺是更加超越的東西，是只有最原同學拍得出來的作品。如果一定要侷限於電影這個範疇……對了，那可說是神拍的電影吧。」

我不禁下意識地睜圓了雙眼。

心跳也大大漏了一拍。

「妳說……神拍的電影？」

「是的。我至今還不敢相信，那竟是經由某個人之手拍出來的作品。若不是神拍的，也能說是惡魔拍的吧。啊……不好意思，我竟用惡魔形容……」

「不會……」

「雖然我們對於那部電影的研究也才開始著手不久，但未來只要是最原同學的作品，我們都想留一份起來，於是今天才會來訪。這裡有貴校系上的間宮老師的介紹函。我聽說那是尚未上映的作品，但我們能保證借來的影片只會用來研究而已……」

篠目小姐繼續說著，然而我卻完全聽不進去了。

我跟兼森期盼不已的神的電影，竟然早就存在了嗎？
那究竟是什麼樣的電影呢？
為什麼《月之海》沒有拍成那樣呢？
最原為什麼會不見人影呢？
為了解開所有疑點，我也只能向前邁進。
「篠目小姐。」
「是的。」
「這部電影可以借給妳，但相對的，能不能讓我看最原之前的那部電影呢？」

5

相約好的地點是旅館。
當然不是賓館，而是普通的商務旅館。但無論如何，對於不習慣來旅館的我來說，還是會感到無謂的緊張。
回頭就能看見西醫大的校舍，這裡就位在大學旁邊。為什麼明明都把我找來這裡了，卻不是約在大學，而是附近的旅館呢？

總之，我拿出手機打電話給她。

『喂？』篠目小姐接起了電話。

「啊，妳好，我是二見。我現在到旅館門口了。」

『這樣啊。那可以請你直接上來房間嗎？在八樓，八〇二號房。』

只說完必要的事情之後，就結束了這通電話。

來到八樓敲響房門之後，篠目小姐就從房內應門，並對我說著「請進吧」。

房間是非常普通的單人房，裡頭配備了一張床、小桌子以及桌燈，就只有湊齊了出差時會用到的最基本設備。畢竟位在八樓，從窗戶眺望出去的景色還不錯。

然而篠目小姐立刻就拉上窗簾，讓我沒辦法好好享受這片景色。是說，為什麼要把窗簾拉起來啊？是要轉大人了嗎？就只有我開始窮緊張。

然而篠目小姐完全沒把心思放在這樣的我身上，只是打開了桌上的筆記型電腦。她一邊用手指點擊觸控板一邊說道：

「不好意思，把你找來這種地方。」

「沒關係……但我確實嚇了一跳。只是為了看電影，為什麼要約在旅館呢？」

「並不是約在旅館比較好，只要是有包廂又便宜的地方哪裡都行。畢竟研究室也有其他學生在……」

電腦畫面顯示出Windows的播放器。

「準備好了……但只有一張椅子呢。」

篠目小姐將桌上的電腦轉向床之後，自己也坐上床邊，並用電梯小姐一般的手勢指著身旁對我說「這邊請坐」。她這個人是故意這麼做的嗎？

搞不懂她究竟是在開玩笑還是真的別無他意，總之我還是照著她說的並肩坐下了。在這情況下要我別緊張還比較沒道理。

「可以了嗎？」

一瞬間，我還沒能理解她指的是什麼。

但仔細想想也只有一個可能性而已。我是來看電影的，因此這句話也只會是問「可以開始播了嗎」而已。

「好的。麻煩妳了。」

「那就開始囉，片長是二十二分鐘。」

伴隨著咚咚兩聲輕敲觸控板的聲音，神的電影就此揭開序幕。

第一幕是火。

陰暗的天空底下，一叢火在河邊焚燒著，四下無人。

那是在燒什麼呢？

……人嗎？

不，不對，沒有那麼大。不然是什麼呢……是垃圾嗎？

這幕光景在畫面中持續十幾秒之後，就非常突然地切換成第二幕。

這是……曼荼羅嗎？然而畫質粗糙，還帶著奇怪的光澤感。看來這並非實際在拍攝曼荼羅，而是近拍刊登在書籍上的照片吧。鏡頭也滿晃的，是不是手持攝影機在拍呢？

在那之後大約十分鐘的時間，差不多播放了二十幕左右。水管中流出的水、掛在牆上卻流洩出音樂的耳罩式耳機、玩具車，以及公園的遊樂設施。只是將完全無關的場景胡亂羅列出來而已，完全沒有故事性，甚至可說是支離破碎的影像。

十分鐘過後，畫面上出現了一位沒見過的女生，大概是高中生吧。她稱不上可愛，就是一個隨處可見的普通女生。

當鏡頭轉向那個女生時，她便開始演戲，並說起台詞。然而字句都唸得十分僵硬，完全是外行人，不然就是能力很差的戲劇社社員。

在那之後的內容，完全就像第一次拍自製電影的典範。

雖然出現了幾位演員，但所有人的演技都跟一開始的外行人一樣程度。台詞也很抽象，講出什麼「踏上旅程」或是「發現某種東西」之類，卻都是若有似無的內容。

更重要的是，這作品並沒有理解影像的基礎，在在顯示出「總之拍得煞有其事」的感覺。

這真的是最原拍的嗎？那個最原拍的？讓人一時之間難以置信。

電影就這樣沒有任何高潮起伏地進展下去。然後，非常不自然地就播出了製作人員名單。播完之後，畫面就變成一片黑暗。結束了。竟然結束了？就這樣？

篠目小姐的手從旁伸出來，輕輕點擊了觸控板。只見回到Windows的畫面，看來是真的結束了。這個……這種作品哪裡是神的電影了？

我朝著身旁的篠目小姐問道：「這就是神的電影嗎？」

然而，這句話我沒能如願問出口。

當我正要說出「這就是」的時候，聲音卻拔高了。

臉上好冰涼，碰上臉的手濕掉了。我的臉就像剛洗過一樣濕。

這是眼淚，自己的眼淚。發現這個事實時，我不禁竄起一股冷顫。不只是完全無法理解自己為什麼會哭所帶來的恐懼，更令人害怕的是，人類的眼睛竟然可以流出這麼大量的水。

當我為了想止住即使如此也停不下來的眼淚，並壓住眼頭時，腦中突然湧上一股情感。

雖然一開始我完全無法理解自己的情緒究竟是怎麼回事，卻也漸漸清晰地浮上心頭。

這是感謝。

這並非對於特定事情的感謝，而是對產下自己的世界的感謝、對世上萬物的感謝，以及對神的感謝。我依然淚流不止。承受不住情感浪潮的我，不禁發出嗚咽。

當那種感謝的心情一點一點褪去，情感開始冷靜下來的同時，內心深處又湧上了其他情緒。

這次我一瞬間就明白了。

恐懼。

對於死亡的恐懼，當性命掌握在某種絕對性事物上的恐懼。我理解到自己的生命只是那個存在的一道轉念，或許下一秒就會喪命。不，我的性命肯定正在流逝吧。不要，我不要！我不斷在心中懇切地祈願著，來救救我，請救救我吧，拜託誰來救救我！

我甚至連坐都坐不住，猛地就趴上了床，雙手還一直抓搔著毯子。

篠目小姐從身後抱住了我的肩膀。急不暇擇的我，緊緊抱住了篠目小姐，盡全力地抱住她。即使如此，還是沒辦法完全抹滅心中的恐懼。我將臉埋在篠目小姐的腿上哭了，嚎啕大哭。篠目小姐便像是要包覆住我的背部一樣，溫柔地將我緊抱。

6

「那個……真的很抱歉。」

電影結束後三十分鐘。心情總算平穩下來的我，向篠目小姐道歉了。

「沒關係。這並不是你的錯。」

篠目小姐雖然這麼說，但她的裙子上因為我的淚水而濕了一片。那樣應該會沒辦法回去吧……

似乎是察覺到我的視線，篠目小姐打開了衣櫃，只見裡頭掛了一件大衣。

「為了足以應對各種狀況，我有帶一件寬大的大衣，所以不要緊的。」

「……篠目小姐，難不成妳早就知道我會變成那樣嗎？」

「我早就知道了。」

篠目小姐乾脆地做出回答。

「看了那段影片的人，無論是誰都會陷入跟你一樣的狀態。雖然也有人被恐懼感逼到當場逃了出去，但大多數的人都會嚎啕大哭，抱膝蹲下。」

「這是怎麼回事……」

我看向電腦螢幕。影像已經沒有在播放了，我卻還能感受到一點恐懼。

「我看完那部電影了，看完了卻無法理解。前半段只是羅列著意義不明的場景，後半段甚至不過是品質很差的自製電影。然而我看完之後，整個人卻歇斯底里到難以置信的程度，還嚎啕大哭，渾身也動彈不得。真的太令人費解了。難道這要用我下意識被這部電影給打動來解釋嗎……」

這確實難以稱之為一部電影。看過之後，我也能理解教授們的困惑了。我完全不知道是什麼東西打動了自己，而且又是在懼怕什麼。

「我來告訴你吧。」

「啊？」

「告訴你究竟是被什麼東西給打動。」

篠目小姐說得很是輕鬆。

「這意思是……妳知道嗎？」

「是的。雖然我也只能說明這個現象的原因而已……但這也是我們收下這段影像之後的這幾個月內，好不容易研究出來的一個成果。」

這麼說完，篠目小姐又再次操作起電腦。她打開新的視窗，上頭顯示出四張縮圖。看樣子是剛才那部電影的片段。

耳罩式耳機的場景。

製作人員名單。

全紅的背景中有黃色的鳥在飛的場景。

神社的場景。

「井之頭藝術大學當中，似乎也有教授在研究最原同學的電影……但想必是還沒探究出這個結論。而且，應該還要再花上一段時間。」

篠目小姐開始進行說明。她的語氣比剛才還更冷靜，完全是一位研究者的感覺。

「就讓我為你說明吧。首先，剛才那部電影的後半段，也就是有學生出現的自製電影部分是完全不需要的。即使沒看那一段，也會引發同樣的現象。」

我還來不及感到驚訝，篠目小姐就繼續說了下去：

「另外，前半段羅列的那些場景，也幾乎都不需要。以結論來說，現在畫面上的這四幕，就是引發剛才那種現象的原因。」

篠目小姐說到這裡就留給我做出反應的時間，然而我卻因為太過驚訝，什麼話都說不出口。我的視線不禁飄移，並一邊整頓著思緒。四幕？她說就這四幕？

「請、請等一下。妳的意思是，不過這四幕就足以讓人那樣嚎啕大哭嗎？」

「不，正確來說是兩幕。」

我說不出話來。

篠目小姐點開縮圖，接著畫面上就出現耳罩式耳機。

「這部電影設計成只要在看到耳罩式耳機這一幕之後，再看製作人員名單就會淚流滿面，情感也會跟著高昂起來。要是看的順序相反，就不會引發這種現象。另外，要是看了第一幕之後，沒有在一個小時內看到製作人員名單，同樣不會發生。這個現象在包括我在內的十幾位實驗者的實驗當中，已經確認百分之百會發生。由於不知道會不會產生不良影響，因此也不能一味增加實驗者人數……然而其實際效用，你剛才也已經親身體驗了吧。」

兩幕……絕對不可能讓人在看了短短兩幕之後就被打動。再說了，那種東西還能稱為電影嗎？

篠目小姐繼續說下去：

「畢竟畫面是耳罩式耳機跟製作人員名單，實在很難想像光是這種場景內容就足以打動人心。既沒有故事性，也沒有美感。因此，我認為是乍看之下令人難以理解的影像所帶來的刺激，給腦部帶來某種影響。並不是因為感性而覺得動容，而是物理上的操作。真要說的話，這並不是電影，而是藥物。」

篠目小姐說出了可怕的結論。

這意思是指，最原……當時還是個高中生的最原最早，透過影像操控了觀眾的精神嗎？

我又看了一次電腦畫面，上頭依然還是那四個場景。

「篠目小姐，請妳等一下。如果要說是耳罩式耳機跟製作人員名單打動人心，那另外那兩幕又是什麼呢？而且，紅色的那一幕……」
我伸手指向第三幕。
整片紅色背景中有三隻黃色鳥的場景。由於現實中不可能會有這種配色，應該是透過攝影處理所製作的吧。
再說了，在我的記憶當中，並沒有這一幕。電影從頭到尾我都看得十分專注，但剛才那部電影中應該沒有這一幕才對。
「篠目小姐，這一幕還是我第一次看到喔，在那段影片當中並沒有，絕對沒有。如此令人印象深刻的一幕，只要看過一次就不可能會忘。還是說，這幕只放了一小格之類？或是只拍到了一瞬間？」
篠目小姐沒有回答我的疑問，只是再次操作起電腦。她又播放了一次剛才那部電影，接著拉了時間軸跳過影像之後，在剛過六分左右的地方出現了那一幕。
鮮紅的天空，幾隻黃色的鳥緩緩飛過，緩緩地飛過。這一幕的長度有二十八秒。
我完全陷入混亂。
「騙人……剛才真的沒有……沒有這一幕啊……」
「當然，我並非準備了兩種影片檔。」

篠目小姐預測到我的想法，預先做出回答。

「這一幕有著特殊效果。在看過耳罩式耳機那一幕之後，只要再看紅色這一幕，之後就算看到製作人員名單，也不會引爆內心的情感。因此可以推測，這一幕的作用就是情感驅動裝置的抑制器。」

「妳說抑制器……要是有那種東西，我又為什麼會哭呢？這不就代表我確實沒有看到這一幕嗎？」

「不。二見同學，你確實看了。與此同時，你也看了這個吧。」

畫面上顯示出來的是第四幕，拍出神社的場景。

「這一幕我記得，確實是有。」

「這一幕就接在紅色那一幕之後。效果如下——『看過紅色場景之後馬上看見神社場景的話，看過紅色場景的記憶就會被刪除』。」

我再次說不出話來。

怎麼會有這種事？

簡直就像直接把手伸進人的腦袋中隨意控制一樣。

能辦到這種事情，那還得了。

「也就是說，這兩幕分別是抑制器及解除器。雖然我也不知道究竟是基於什麼意圖，才會安插了這種東西……」

篠目小姐關上電腦。

「以上就是我們查明的，這個影像的真面目。在你身邊一起看了電影的我之所以沒有哭，是因為我在耳罩式耳機那一幕閉上了雙眼。僅僅如此，就能讓這影像完全失去效用。」

若是完全聽信篠目小姐的這番話，那麼這段影片甚至連藥都不是了。

沒錯，是魔法。

兼森說過的話再次浮現在我的腦海中。擅使魔法之人。魔女。

我已經一頭霧水了。既搞不懂這段影片的意義，也摸不透最原這個人。她究竟是為了什麼……？

「她為什麼要拍出這種電影呢……」

「雖然這只是我的推測……」

篠目小姐試著對我不禁脫口的疑問做出回答。

「大概，是為了進入大學吧。」

這個理由。

未免讓人太無法接受。

不，這段影像確實是送來參加單一技藝入學考試，也就是為了進入大學沒錯，但……

篠目小姐繼續說了下去：

「我也沒有見過她本人，因此不過是臆測而已，但既然四幕就能達成目的，為什麼還要加入那種等級很低的自製電影呢？難道理由不正是為了要讓影像看起來是一部『電影』嗎？所以我在想，她是不是已經先處理好推動觀眾情感的部分之後，才加入電影般的樣式包裝起來……畢竟，要是看起來不像電影，就不能參加考試了吧？」

這讓我恍然大悟。的確，就算送了只有四幕的影片過來，教授們也不會給那個作品評價。要是看了馬上就會發現這四幕的異常，別說錄取她了，或許還會被當作研究對象。

而且就是有幾位教授在實際看過影片之後，認定這是電影。就結果來說，最原也被錄取進入大學了。

也就是說，這個影片真的只是為了進入大學而已。

「簡單來講就是偽裝。這樣一想，一開始那些奇怪的場景羅列，也能想作是為了混入真正重要的場景所做的安排。」

意思是為了隱藏真正的目的，才裝成電影嗎？

裝成電影？

我赫然驚覺，篠目小姐說這是裝成電影的影片，其實是一種類似藥物的東西。然而這樣的偽裝實在太過拙劣，以一部電影來說簡直糟透了。

既然如此，要是這個偽裝能做得更好呢？

要是無論由誰來看，都覺得是一部電影呢？

那就是電影了吧。

我們看過的那部電影……

《月之海》真的只是一部電影嗎？

「篠目小姐……」

「怎麼了？」

「妳已經看過《月之海》了嗎？」

「是的，我已經看過了。」

「難道……那部《月之海》也是……」

我心懷恐懼地問道。

我回想起拍攝期間的點滴。

回想起畫素跟兼森。

既想知道真相，又不想揭發真相。

「我不知道。前幾天借了影片之後，有用研究室的分析軟體做了一次影片排序……但想知道確切的結果，還得過一段時間。」

對於篠目小姐表示「不知道」的這個回答，讓我鬆了一口氣。

試映時我都哭了，大家也都覺得很感動。要是那時候的眼淚是被設計出來的，我會難以承受。

我莫名感到懊悔。明明是我們自己做的，是我們自己的電影，卻不知道那是什麼東西……

「不過，也是有幾個已確定事項。在《月之海》當中，有好幾個相似的場景。例如拍到白色建築物的場景，以及拍到白色咖啡杯的場景。這兩個場景在畫面當中，白色部分的尺寸跟位置都一模一樣，就像計算好了一般。這兩幕的共通點完全是有意的，絕非偶然。我們還發現了另外四組同樣跟這情形相似的場景組合，現在正在進行排序，並在討論這當中是否存在某種法則。真的不是在看電影，而是在解讀暗號了。就算動用所有研究室的機器去解析，也不知道要花上幾個月的時間……要是有最原同學心中的亂數表就好了呢，可以直接說明『是按照這樣的順序喔』那種。不過，找出這東西也正是我們的工作啦……」

「咦？」

我這麼回問。

篠目小姐睜圓了雙眼。

然而回問的我，也為自己感到驚訝。

我剛才……是想回問什麼事情呢？

「怎麼了嗎？」

「不……妳剛才說的那件事……」

「是？」

回想不起來。

剛才確實聽見了什麼。

非常重要的事情。

重要的提示。

篠目小姐歪頭看著我莫名的舉動。

「就像我剛才說的，《月之海》當中有幾組類似的場景……要我跟你說場景號碼嗎？」

「不……不是。我想問的不是這點……」

「那是有意這件事嗎？有可以計算的方法喔，並能藉此判斷是不是偶然。」

「也不是……這件事。」

我拚命尋找著在一片黑暗之中，只閃過一瞬間的光芒。

「我另外還說了……亂數表吧。這是指在數學來說，完全隨機而且沒有法則可循的數列。我們認為那可能是對我們來說沒有意義，其實卻隱含了只有最原同學知道的法則。」

「法則……」

「是的。」

篠目小姐說道：

「例如明確寫著『是按照這樣的順序喔』那種……」

我反射性地站起身來。

我站著思考。別讓它逃了。不要讓剛才那個思緒逃了。

剛才，我確實掌握到了。

線索。

可以連繫到最原的線索。

「是那個啊……」

當我尋覓到一個想法時，我的手中握住了一條線。

接下來，沒錯，只要沿著走就行了。只要抓著這條線一路走去就行了。

「……二見同學？」篠目小姐露出一臉驚訝的表情。

「篠目小姐，不好意思。我可以先回去了嗎？」

「咦？呃，可以啊。我是沒關係。」

「不好意思，明明是我自己拜託妳的。我會再跟妳保持聯絡，謝謝。」

匆促地做了道謝及道別之後，我就快步離開旅館。

我急忙走向車站。快點，得盡可能快點才行。

因為無法保證這條線不會在中途就斷開。

7

一小時後，我來到最原的家門口。

之前從畫素手中得到了備用鑰匙，所以我可以自由進出最原的家。話雖如此，我也從來沒有因為閒來無事就隨意進出過。

最原失蹤後，我只跟畫素來過這裡一次。那時她家看起來就跟失蹤前沒什麼兩樣。

在那之後又過了十天，搞不好在這段期間最原一次也沒有回家過，又或者家裡的東西都已經被收光了。如果是那樣……

我轉開鑰匙走進家中。

走過廚房的走廊。

我的腳步在連通裡面房間的門前止住。裡頭很暗，就跟我上次來的時候一樣。

我沒辦法立刻打開那扇門，只能呆站在原地動腦思考。

用這個想法下定論真的好嗎？我的想法有沒有錯呢？

不安的迷霧覆蓋了心頭。

不，不對。這個想法是對的，我如此確信。我的想法沒有錯。所以這股不安，並不是在擔心自己誤會。

而是對思慮不足抱持的不安。

我……我想知道的事情，一定就在那前方。

我甩了甩頭。

別想太多了，也不要停下腳步。

不管思慮是否不足，現在也只能前進了。

我並不是最原那種天才，所以沒辦法將所有事情都先沙盤推演過一次。就算沒有回頭路，我也只能一邊做一邊思考，一邊發現了。

在下定決心之後，我打開了房門。

我直直走到房間另一頭，並打開了窗簾，陽光頓時照亮了整個房間。

整面牆的照片突顯而出，無數張定本的照片依然在那裡，房間就跟之前來的時候一模一樣。無論是擺在桌上的東西，還是掛在衣架上的衣服，全都沒變。

太好了，什麼也沒變，那應該還在才對。那個東西就在這個房間裡，我就是來拿那個東西的。趕緊拿了之後……

我看著牆壁上的照片。

……咦？

為什麼？我看著牆壁上定本的照片。

我在做什麼？我是來這個房間找東西的，而且，我也知道那個東西放在哪裡，所以只要拿走就好了。

既然如此，我又為什麼會一直盯著定本的照片呢？明明腦中覺得這樣很奇怪，我卻無法抽離視線。是怎樣？定本怎麼了嗎？

我腦中想著定本的事。

當時瞬間閃現的那個感覺。

摸到那條線的想像。

循著那條線的想像。

我開始思考。陷入思考。一再思考。

並循著那條線走去。一步又一步走去。

我在船上拚命、拚盡全力，想在全黑的海中抓住垂落的那條線。

定本。

定本由來。

過世的學長。

最原的男朋友。

最原的電影。

讓人感動的電影。

打動人心的電影。

最原最早。

天才最原最早。

我伸出手不斷追尋的線的彼方。
從漆黑的水中拉上來的
並非最原最早這個人
而是以神為名的怪物。

V. 試映 - II

1

主旨：試映通知

最原最早小姐
六月三十日 晚上八點
將於七號館七樓 視聽教室
進行電影《AMRITA》的第一次試映。

2

室內的照明已經關掉。前方投影螢幕上頭出現的白色四角，給室內帶來些微亮光。

教室裡只有我。

我沒有聯絡畫素跟兼森，也沒有向兩人說明我在做什麼。他們都只是等著下星期《月之海》上映會的到來。

前天，我傳了訊息到最原的手機。上頭只標明了時間、地點等最基本的資訊。她的電話依然打不通，但既然還會聽到「電話沒有回應」什麼的語音，應該就代表這個號碼還沒解約吧。所以我才想，如果是傳訊息，她應該會看到。

當然，她要是從前天到今天都沒有開機，那也收不到訊息。既然電話一直都打不通，這個可能性就非常大。

然而現在的我，也只能依賴僅存的些微可能了。她要是有收到，只要她有收到，應該就會赴約——如果我的想法沒錯的話。

時鐘指向晚上七點半。

從七樓的窗戶俯視校園，外頭天色已暗，走在底下的行人已經寥寥無幾。運動場上的大型照明燈將操場照得光亮，應該是橄欖球社之類的在進行練習吧。

看著走在底下的小小人影，我不禁遙想起他們應該也有家人，或許也有戀人，總之肯定有著重要的人。

要是那個人死了，絕對會感到悲傷吧。

只會感到悲傷吧。

既悲傷，又難過，即使如此還是只能努力重振起來，讓自己的人生繼續走下去。

我也一樣。

不，大家都一樣。

所有人類都是這樣。

這時，傳來嘎嘎作響的聲音。

最原看著我，露出淺淺的微笑。

3

最原看起來就跟失蹤前沒什麼兩樣。服裝打扮一如往常，走路方式一如往常，就連表情也是一如往常。

所以，改變的人只有我吧。我看最原的眼神不一樣了。

「你做了……」

最原開口說道。我明明做足準備才把她約出來，自己卻比對方更緊張。

「《AMRITA》嗎？」

「……我做了。」我這麼答道。

「你把腳本分鏡拿走了呢。」

「對……我擅自闖入妳家了。關於這點，我向妳道歉。但是……」

「沒關係。」

打斷了我要說的話，她用清澈的聲音繼續說道：

「被拿去用，我想那些內衣褲也會比較開心。」

「我拿走的只有腳本分鏡！」

「別害羞了。」

「妳難道就不緊張嗎！」

「會啊。」

「那算我拜託妳了……現在在這裡發揮一下吧。」

「咦……？我才不要。」

「為什麼啊！」

「理由有兩個。」

「有兩個喔……」

最原做出像是偵探在解決篇裡的動作，豎起了食指。

「第一，因為二見打算用緊張感這個話題，隨便帶過內衣褲的事情。」

「我才沒有！」

她完全無視我的吐嘈，接著豎起中指。

「第二，因為感到緊張時，二見的演技會很無聊。」

最原瞇細了眼朝我看來，並這麼說道。那個聲線並非最原，而是天才導演最原最早。

「二見究竟知道什麼，又想了些什麼，都讓我深感興趣。你今天就是要告訴我這些事吧？」

無論是我找她過來這裡的理由，還是我的想法，簡直就像全都被她看透了一樣。

但我打從一開始就明白了。

在我眼前的這個人，是如假包換的天才，也是世界第一的導演。想要超越那個天才的思維，就真的要賭命，這並非比喻。

最原坐上椅子，那雙眼直直盯著我看。

「請告訴我吧，二見。」

時間是七點四十分。

距離開播時間還有二十分鐘。

就拿來拍完最後的場景來說，這段影片長度太過充分了。

4

「首先，我產生了莫大的誤會。」

「誤會？」

「沒錯。我第一次去妳家的時候，看了放在書架上的《AMRITA》分鏡，那是用鉛筆畫的原稿，而且內容跟《月之海》用的場景一樣。所以我才會產生誤會，誤以為

《AMRITA》是《月之海》的草稿。」

「那真是誤會了呢。」

「是啊，其實完全相反。不過，先畫好的確實是《AMRITA》，而再補足場景完成的則是《月之海》，所以前後關係沒有改變。但我是誤會了什麼呢？那就是認知。並不是以《AMRITA》當草稿而做出《月之海》，而是為了做出《AMRITA》才做了《月之海》。」

最原注視著我，聽我說下去。

「我把《AMRITA》分鏡拿走後全部看完了，但又差點沒命……要是我沒有事先拜託朋友，搞不好會就這麼餓死呢。那個危險物品到底是怎樣啊……」

結果，我又花了好幾十個小時看完《AMRITA》。因為事先跟久保說過，我要是失聯就拜託他來救我，所以在第四天才好不容易回到了現實世界。要是他在途中沒有來阻止我，應該會持續看更久吧。

最原露出傷腦筋的表情說：

「我雖然知道會發生那樣的現象……但好像也會因人而異，所以就沒有太在意。我並沒有刻意動什麼手腳。」

最原若無其事地這麼說。

真希望她不要下意識地做出那種危險的東西。

「別提這些了。總之，我看完《AMRITA》了。那個內容，該怎麼說呢……糟透了。」

「不好意思。」

「明明用的場景都跟《月之海》一樣，故事卻完全不同。不，應該說根本沒有故事性，內容支離破碎，指示也亂七八糟。不是讓畫面閃爍粉紅色彩，就是一邊播放一邊旋轉影像，怎麼看都不是一部正常的電影。因此，我就想到了。這種過於次文化的電影，應該不會有人想幫忙拍吧。」

「的確呢。」

「而這就是答案了。」

我說道：

「最原，妳是為了讓人來幫忙拍這部誰也不會願意協助的電影，而準備了一部大家都會想幫忙的電影吧。」

最原聽我說到這裡，連眉毛也沒有動一下。

我不等她的回應，就繼續說了下去：

「說到頭來，妳根本就沒有拿定本寫的腳本來用。最原，妳的目的只有做出《AMRITA》而已。但為了要做出《AMRITA》，就得拍攝所需的素材，為此誕生的就是《月之海》對吧。妳以定本遺作的名目準備了電影，讓我們幫忙拍攝，畫素跟兼森也一如妳的計畫，都抱持著特別的心境進行製作，並且盡了全力去做。但他們卻不知道，妳想做的其實是另一件事。」

兼森確實從腳本上感受到些許不自然，他說過那不像是定本會寫的腳本。

而且他說得沒錯。《月之海》的腳本確實不是出自定本之手。

我繼續說下去：

「妳之所以會把臉長得跟定本相似的我找來，也是一種煽動情懷的手法吧。」

「是啊。」最原不帶任何歉意地回答道：「那也是原因之一。」

最原繼續說下去：

「只要《月之海》的場景湊齊，《AMRITA》就等同完成了。之後只要加入拍攝處理，並進行剪輯就好了。」

就如最原所說，將整份分鏡看完的我，利用《月之海》的原始素材，就能輕鬆完成《AMRITA》。當然，要是有分鏡內沒有寫到的資訊，也沒辦法重現就是了。但令人感激的是，《AMRITA》的腳本分鏡當中，每一幕的秒數都是以每個影格為單位寫下詳盡的筆記。我還是第一次看到精密到這種程度的腳本分鏡。

我伸手撫向放在桌上的，自己的筆記型電腦。這台電腦已經跟架在教室天花板的放映機完成連線了。

「最原。」

「嗯。」

「這台電腦中放了我做的《AMRITA》。只要我按下播放鍵，就會開始放映。」

我的說明在此告一段落。看透最原的心思，並告訴她我做了《AMRITA》。告訴最原她真正想做的電影就在這裡。

教室陷入一陣沉默。

我什麼話也沒說，只是看著電腦畫面等待著。

等待最原跟我說些什麼。

等待最原告訴我。

「二見。」

導演的聲音響起。

她只是叫了我的名字。只是這樣而已。

但光是如此，導演的期望就已經傳達給我了。

那是希望能繼續進行的聲音，指示我繼續做下去。

好說歹說，我也在最原的指示下拍攝了一個月，多少也能理解導演的期望。最原希望我能繼續講下去。

沒錯。我還沒說到事情的核心。

關於最原是「為了什麼」才會做《AMRITA》。

但是……

我不禁遲疑。

因為接下來的這些話，真的、真的太光怪陸離了。

「…………最原。」

「嗯。」

「接下來要說的，全都只是出自我的想像。」

「請告訴我。」

「是妄想喔。」

「請告訴我。」

「甚至可說是天方夜譚。」

「請告訴我。」

啊啊，我很明白。

已經沒有退路了。

因為已經邁入尾聲。

「最原。請妳先告訴我一件事情。」

「什麼事？」

「是妳殺了定本嗎？」

「不是。我沒有殺他。」

最原並沒有感到不悅，只是平淡地回答：

「你應該有猜想過，會不會是我對定本做了什麼吧。沒有，我什麼也沒做。定本那件事確實是一場單純的意外。對於定本的死，我也真的感到很悲傷。」

「我知道了。」

最原說出了我最想知道的事情。
她對於定本的死感到悲傷。
既然如此。
既然如此，就只有這個可能了。
「……我看過妳第一次拍的電影了，就是妳參加入學考試時做的電影。是西醫大一位叫篠目小姐的人給我看的。那讓我相當衝擊，是會強制性動搖人心的影像。篠目小姐是這麼形容的喔，她說這已經不是電影，而是藥物了。」
「這樣啊。」
「但我覺得不是這樣。」
我看著還沒映照出任何畫面的螢幕。
看著可以映照出任何畫面的螢幕。
「電影不是那麼狹隘的東西，電影不是那麼膚淺的東西。要是被故事性感動就稱之為電影，被強制性撼動則稱之為藥物，完全是錯誤的定義。電影是具備力量的，比隨隨便便的藥更加強效。我之所以立志成為演員，是因為國中時看過的一部電影。那個時候，那部電影確實具備足以改變我人生的力量。」

我重新面向最原。

她也直直地看著我。

「最原。」

「嗯。」

「最原，電影可以讓我哭泣嗎？」

「可以。」

「電影可以讓我生氣嗎？」

「可以。」

「電影可以讓我喜歡動物嗎？」

「可以。」

「電影可以讓我討厭動物嗎？」

「可以。」

「電影可以改變我的夢想嗎？」

「可以。」

「電影可以讓我的想法產生一百八十度的轉變嗎？」

「可以。」

「電影可以同時做到這些事情嗎？」

「可以。」

「電影……」

「可以讓我變成他人嗎？」

「可以。」

「……《AMRITA》是把觀眾變成定本由來的電影對吧。」

「沒錯。」

最原最早露出了淺淺微笑。

5

「透過電影操控人心。會喜歡定本喜歡的東西，討厭定本討厭的東西，抱持定本懷抱的夢想，做出跟定本一樣的思考。看過《AMRITA》的人，會變成定本由來這樣的人。就是這樣對吧。」

「你為什麼會這麼想呢？」最原對我問道。

「……我也不知道。進到妳房間之後，看著牆壁上貼滿定本的照片時，我忽然產生了這樣的想法。如果可以打動人心，那是不是也能把人變成別人呢？會有這種荒誕思考的人才奇怪吧，但我不禁又想，最原的話或許真的可以辦到。一旦這麼想，就覺得真相只會是這樣了。而且硬要舉些例證的話，就是標題。我調查過了，《AMRITA》——這是出現在印度神話中的一種飲料，中文是甘露的意思。所以，一開始我以為這可能是一部甜美到讓人為之瘋狂，猶如大麻一般的電影。實際上當我在看分鏡時，也像是大麻中毒的人一樣呢。不過這不只是一種飲料而已。沒錯，也是長生不死的靈藥。我終於回想起這是可以讓喝下去的人得到不死之身的藥。但就這部電影來說，不死的是定本，並非觀看的人就是了……」

「二見，你說得沒錯。」最原依然帶著淺淺的微笑說：「你能理解到這個地步，應該是沒有完整看過《AMRITA》吧。」

「……對，剪輯工程只是照著分鏡的影片長度剪接而已，還沒有從頭到尾看過一次。」

最原點了點頭。

「那就沒問題。只要不是從頭完整看過，就不會有效果。」

我在心中鬆了一口氣。那就是我最擔心的原因。

因為，這如果真的是可以改寫人心的電影，我會擔心是不是自己在剪輯的時候，其實內心已經被侵蝕了。所以剪輯時，我也會盡量不要播到各幕，而只是專注於將所有片段接起來而已。看來這麼做似乎是對的。

「當然，要是從頭完整看過一次，那一切就結束了，沒辦法反向恢復。」

最原平淡地說著不能用這麼平淡的語氣說出來的話。

只要看過一次，並產生變化的心，就沒辦法再恢復了。

那就代表原本的人格會消失。

會讓人格產生質變的電影。

會讓原本的人格消失的電影。

那是會殺人的電影。

最原做出了那種東西。她不只是做出來而已，還想讓別人觀看，而且那個人想必……

就是我吧。因為我長得跟定本很像，才會被選來頂替。

一切都是為了這個。

為了用拍出定本人格的電影。

以及與定本相似的我。

來重現定本由來。

……但是。

但是。

最原想必……

「二見。」

她開口說道：

「接下來請你回答我的提問。」

我的身體竄過一陣緊張感。這讓我回想起自己曾經有過這樣的經歷。

沒錯，就是站在膠卷攝影機前的緊張感。現在習慣數位攝影之後就完全忘記了。

在只能拍一次的膠卷面前演戲。不允許失敗的演技。

我隔著看不見的膠卷攝影機，與導演面對面。

「二見，你為什麼做了《AMRITA》呢？如果只是為了把我找出來，沒必要冒著危險去剪輯《AMRITA》，只要把《AMRITA》的內容寫在訊息上就夠了。就算你覺得有影片檔這種說法比較容易引起我的注意，那也只要騙我說你做好就行了。」

全都像最原所說的。

如果只是為了把她找出來，只要佯稱我將《AMRITA》剪輯好就可以了，或是只寫上「我已經知道《AMRITA》的效果」也綽綽有餘。無論如何，都沒必要冒著人格可能會被改變的危險，去剪輯這個影片。

「為什麼呢？」

最原盯著我問道。

我心中湧上了一股成就感。

導演現在滿懷著興趣。不是對於定本由來，而是對我，二見遭一抱持興趣。

「你為什麼做了《AMRITA》？」

既然如此，我就給她答案吧。

用對演員來說最棒的表現方式。

「這答案很簡單，因為我要看。我要成為定本。」

6

「我一邊做《AMRITA》，一邊思考妳失蹤的理由。為什麼非得消聲匿跡呢？最原，妳一開始就打算讓我看《AMRITA》吧？畢竟都特地找來一個身材跟臉都很相似的人了，原因也只有這個而已吧。然後電影順利拍完了。既然如此，接下來只要讓我看完即可，妳卻忽然消聲匿跡。」

最原什麼話也沒有說。

「吶，最原。妳該不會是在苦惱要不要讓我看《AMRITA》吧？我不知道箇中理由，或許是經過那段時間的拍攝而產生了移情作用，總之，妳對於要不要泯滅我的人格這件事感到遲疑了。最後得出的結論，就是不讓我看《AMRITA》。如此一來，妳失蹤的理由就是跑去找新的目標了吧。」

最原沒有回答。

「雖然我不知道妳是怎麼想的，不過給人看這部電影，就等同於殺人。要是讓人看了這部電影，妳就是殺人犯。但妳還是會這麼做吧，最原就是這種人，所以我想阻止妳。既然如此，就只剩下一個辦法了。那就是一如原本的計畫，由我變成定本就好了。」

最原沒有開口。

「而且，這並不只是為了妳而已。這部電影，《AMRITA》是我一直都很想看的電影。足以徹底改變人心，超越人類智慧，這不正是神的電影嗎？這種東西，我當然想看。」

我看著顯示在電腦上的《AMRITA》視窗。俗話說好奇心會殺死一個人，但無論說的話有多帥氣，結果人類跟動物還是相差無幾。只要在眼前掛了厲害的誘餌，就無法忍耐而已。

而且。

而且……

「而且，還有一點。要是我看了這部電影而變成定本，最原跟我就會是情侶了吧？」

我不禁笑了。

「既然如此，那也不錯。」

我在心中點了點頭。

把最原叫來這裡的理由只有一個，就是要讓她知道我看了《AMRITA》，不然我可就白白送死了。

「所以，當我看完之後，可以把後續的一切都交給妳嗎？雖然不知道我的人格會變成定本到什麼程度，但既然妳一開始就要讓我看，應該是不會變得太奇怪吧。我想，可能只是改變了精神構造，如果記憶都還留著，就不會鬧得太嚴重……拜託妳可別讓畫素或兼森，還有我的家人起疑喔。不過，這點事情妳應該做好準備了。如果沒有，就請妳現在準備一下。」

我看向教室的時鐘。晚上七點五十九分。我都覺得自己超會判讀場景長度，搞不好我其實很有才華呢。或許該說是曾經有才華，真是可惜。

「那麼，就一如預定計畫，上映會即將開始。開播前請先確認一件事。除了我以外的人煩請退場，以上。」

我坐了下來。就在教室正中央，能將螢幕看得最清晰的座位。

將手邊的電腦拉過來之後，我輕輕敲擊了觸控板。螢幕接著就從白色的窗戶變成黑色，並出現了從十開始的片頭倒數。這同時也是我——二見遭一餘生的倒數。

電影就快開始了。我還期待著會不會看到人生的走馬燈，但那種東西沒有出現。

四十分鐘的片長結束後，我就已經不再是我了。

但就算面對這樣的狀況，我還是沒有一點後悔。不僅如此，心中甚至充斥著至今從未體驗過的成就感。

至於原因嘛……

就是剛才我說「既然能跟最原成為情侶也不錯」的時候。

光是能看到她那時候的表情，我的最後一幕就是大成功了。

我對於自己提供了超乎導演需求的素材，打從心底感到喜悅。我的人生就是為了這一幕而存在的吧。最後沒有ＮＧ真是太好了。

不知不覺間，螢幕上顯示的片頭倒數出現了７。下一個當然就是６。

好了，來享受電影吧。

畢竟我是人類中唯一被選上，得以鑑賞神的電影的觀眾。

忽然間，我的眼前一片空白。
螢幕隨後就映照出電腦看慣的桌面畫面。
只見視窗內的片頭倒數停在3。
我撇頭看向一旁，只見最原站在那裡，將影片停止播放。
「卡。」
導演的聲音悄悄響起。
我循著那道聲音，反射性地看著最原的臉。
就像在拍電影時一樣。
就像在用眼神問導演剛才那一幕拍得怎麼樣。
最原稍微思考了一下。
接著朝我的臉伸出手。
靠近她之後……
我們接吻了。

「這是至今最棒的一幕喔，二見。」

看來，我似乎還能再演一陣子。

7

從窗外照射進來的強烈陽光將我喚醒，似乎沒把窗簾拉起來就睡著了。這毒辣刺眼的採光，就是我住的破爛公寓唯一的優點。

這時，我聽見了「咚咚咚」這樣過於符合早晨的狀聲詞。不用特地確認也知道是菜刀的聲音。雖然住在老家時偶爾會聽見，但開始自己外宿之後，我就完全和這個音效無緣了。

那是從廚房傳來的，這就代表現在還有除了我以外的人在這個套房裡，同時也意味著我跟那個人一起迎接了早晨。真令人傷腦筋。

我才正想走向廚房，頓時就停下了腳步。

她就在那邊。

而且昨天才發生了那些事。

我到底要用什麼表情跟她搭話才好？雖然我覺得就理論來說這應該是她要煩惱的事，但應該沒辦法對她有那種期待。

不過，不要太緊張，盡量表現自然一點才是最好的吧。畢竟我是年紀比她大的學長，要是畏畏縮縮的也太難看了，一大早好歹也要穩重點。

既然決定了演技的方針，我便走向廚房。

只見一身裸體圍裙打扮的最原說：

「早安。」

「穿衣服啊！」

「我有穿啊。」

「多穿一點啊！」

「事到如今也不用因為這樣就害羞吧……昨天晚上明明就做了更情色的事。」

「騙人！現在這樣明顯比較煽情吧！昨天還普通多了！」

「咦……？…………啊，也是呢。嗯。一點也不奇怪呢。」

「咦，那個……是怎樣？難道一點也不普通嗎？吶，最原……」

「你想太多了。也是有那種普通的。」

「拜託了！請妳告訴我吧，最原！」

學長的尊嚴已經連個屁都沒有了。

「沒關係的，二見。任誰都有第一次啊。」

「妳為什麼就只會發揮那種讓人更加打擊的溫柔啊……」

「我也是第一次嘛。」

「妳也是第一次啊！」

這樣吐嘈的同時，我心中不禁小鹿亂撞。

原來她是第一次啊……

「好了，請你去那邊迴避一下，我要穿衣服。」

「到底為什麼要脫掉啊……」

「要是把理由告訴你，你就會拿這個祕密來威脅我，或許還會對我說出不想被散播出去的話就把衣服給脫了這種話，所以我不會告訴你。」

「妳都不覺得順序很奇怪嗎！」

想說的話堆積如山，但要是繼續待在這裡，我的腦袋可能會撐不下去，只好垂頭喪氣地回到房間。是說那傢伙已經準備好衣服了，卻還全裸在那邊等我啊……

「我正在準備早餐，請你再等一下吧。」

廚房傳來這樣的聲音。先不論裸體圍裙，像這樣的情境還滿煞有其事的，讓人不禁既開心又害羞。

「如何？這樣講很煞有其事吧。」

「妳不用自己說出來沒關係……所以是在做什麼？」

「吐司。」

「還有什麼？」

「就這樣而已。」

「剛才不是有菜刀的聲音……」

「那只是單純拿菜刀敲砧板而已。」

「為什麼啊！」

「想要給你灌輸我會下廚的人設。」

「也就是說妳不會下廚吧……」

「才沒那回事呢，我會做啊，當然會做。無論是任何國家的任何料理我都會做喔。」

「不用這樣虛張聲勢也沒關係啦……那妳會做什麼呢？」

「魚子醬。」

「那只要盛在料理上就好了。」

「請你不要誤會。我的意思是我會養殖鱘魚。」

「我們應該是在聊料理的話題吧……」

「這真的是在聊……」

「……？啊，等一下！等等！妳不要把諧音梗說出來！」

「『洋食』的話題。」

「唔啊啊啊！一點也不厲害！完全不厲害！好、好丟臉！」

「謝謝，那我就先退場了。」

「妳現在肯定一臉得意的樣子吧！但我才沒笑！我可沒笑喔！」

一大早就進行了這樣累人的對話。

等了一陣子，穿好衣服的最原拿著吐司過來，並擺在各自的面前。她的吐司上頭的起司用番茄醬寫著「ＬＯＶＥ」，而我的吐司上頭則是用番茄醬畫了噁心的圖樣。這反了吧。

「呃，那個不是我的嗎……」

「不是啊。因為二見的吐司很噁心吧？」

「對啊！很噁心！」

「我不想吃那種東西。」

「妳這個人真是爛透了……」

「二見的女朋友是個爛透的人呢。」

「女……妳……！」

我不禁對「女朋友」這個詞過度反應。我是不是做出大錯特錯的選擇了……

「看來是呢。」

「妳是能讀我的心嗎！」

「無論選擇肯定或是否定都會傷到二見的話，我什麼也不好說……」

「對男朋友溫柔一點！」

無視了我正當的抗議後，最原咬下了看起來就很好吃的吐司。放棄吧，反正吃進肚子裡全都一樣。

我一邊吃著噁心的吐司，並看向日曆。

今天是星期六，不用去大學上課，明天當然也放假。所以下次去學校時就是後天，那時也會見到畫素跟兼森吧。

要怎麼跟他們說呢……如果全都照實說出，未免太脫離現實了。話雖如此，總不能什麼都不對他們報告……正當我想著在去學校之前，得跟最原商量一下才行的時候，她開口說道：

「不是。」

「沒能讀心嘛！」

「人家就是會讀心啦！」

「就算用可愛的語氣強調也不行！」

「啊，你剛才說我可愛了吧。請你再說一次嘛，二見學長～再說一次～」

「最原，那個……這樣很噁心，能不能請妳住手？」

「不好意思。」

我對剛交到的女朋友說出了噁心這種話。臉明明就很可愛……

「我本來想說機會難得，就來打情罵俏一下。」

最原這麼說。

「不用這麼勉強打情罵俏也沒關係吧，以後多的是機會。」

才這麼說，我就想起了一件事。

對了，最原已經失敗過一次。

本來應該多的是打情罵俏的機會，她卻沒能如願。

既然如此。

為了不再重蹈覆轍，盡量提供協助，才是男朋友的職責吧。

「最原，等一下要不要一起去哪裡玩？」

「咦……我才不要。」

「咦！不是要打情罵俏！」

「開口閉口打情罵俏打情罵俏打情罵俏的……一見，難道你是在印度南方受到眾人愛戴的飲料嗎？」

「那是印度拉……不，不對！是印度式滴漏咖啡！」

好可怕的陷阱題。

真是慶幸我在閒來無事的時候有在逛維基百科。

「總之，我今天還有事情要處理，等一下就要回去了。」

「喔，這樣啊……呃，是沒關係啦……」

「不過，明天的話就有空。」

「明天啊。」

明天剛好是星期日。

「呃……最原，妳有想去的地方嗎？」

「這是約會吧。」

「對、對啊，是約會。」

挑明地說出約會二字，感覺又有點害羞。我覺得自己似乎比較適合擔任女主角。

「說到約會，就是那個了吧。」

「哪個？」

雖然我這麼回問她，但其實內心也已經知道了。

畢竟是我。畢竟是最原。畢竟是我跟最原第一次的約會。

目的地只會是那裡了。

在這麼廣大的世界裡，只有一個地方。

而且，就算在第一次的約會結束之後。

無論是第二次、第三次、第一百次、第一千次。

我們都會去那裡。

前提是我們沒有分手的話啦。

於是，最原對我說出了有著絕對性，也是命中注定且必然的第一次約會地點。

「去看電影吧。」

VI・製作人員名單

1

她居然沒來。

爛透了。

在吉祥寺帕爾斯電影院前方，我抬頭看向電影院的時鐘。

電影再一分鐘就要開始了，最原卻還沒來，也不接電話。這是不是有點過分啊。

而且現在時間是一點半，半夜一點半。為什麼第一次約會是午夜場啊……

我已經等到不想再等，就先進場了。要是錯過這個時段的電影，今天就沒有電影可以看了。如此一來也只能騎著腳踏車回家，那未免也太空虛了……

打開影廳的門，只有一〇五席的小廳當中沒有任何人在。這也是理所當然。正確來說，現在是星期一的凌晨一點半了。不管是大人小孩，都為了明天要堅強活下去而正在呼呼大睡吧。對這間電影院來說，這個時段應該是賠本生意，真虧他們願意開廳。

看樣子好像連預告都還沒開始，讓我鬆了一口氣。

我在包場狀態下坐在影廳正中央，這讓人滿爽快的。直到剛才對最原抱持的不滿及煩躁感，全都一掃而空了。

沒辦法，就自己一個人享受電影吧。她沒來就算了，之後再對她挖苦個幾句。

嗚響環繞整個影廳。

預告開始了，但沒想到不是最新電影的預告，而是麻將店的廣告。現在竟然還會用這種老舊的廣告影片啊……

這時，影廳當中從走廊射入一道亮光。啊，似乎是她來了。

走進來的人影朝著劇場正中央過來，並在我的座位旁邊坐下。

「妳也太慢了。」

「不好意思。」

最原用一點也不覺得自己有錯的感覺對我道歉。

「幸好還在播預告而已……我還以為要自己一個人看電影了。就算是這麼小的廳，一個人還是很寂寞吧。」

「你覺得寂寞嗎？」

「多多少少吧。」

「Some scene discard？」

我想了一下這句話的意思。

「只不過是發音很像而已吧！」（註4）

在沒有其他觀眾的影廳中，吐嘈的聲音也格外響亮。

「二見，在電影院請保持安靜。」

被她這樣叮囑更是令人懊悔。這種事情我當然知道，但也只能恨自己這樣的體質了……

螢幕上接著播的是保齡球場的廣告。這也相當老舊，應該說我覺得已經沒有這種保齡球場了。現在是安插了懷舊廣告特輯之類的嗎？

「二見。」

「嗯？」

「請你聽我說幾句。」

最原依然看著螢幕並這麼說。在電影開始之前還有一點時間，總之先聽她說吧。

「我國中的時候是念私立的女校，高中時則是去國外留學。在這段期間，我一次也沒有跟男性交往過。」

她突然說起自己的過去。不知道是不是認真的話題，雖然我還是坐在座位上，但稍微端正了一下姿勢。

「所以進大學之後跟定本交往，是我第一次交男朋友。一開始，完全不如我想像中那樣戲劇化。去『壺中魚』喝酒聊天的時候，定本說了好像喜歡上我的那種話，所以就試著跟他交往了。」

沒想到是這麼真實的話題。而且定本比我想的還要不拘小節耶……雖然這樣也會讓人產生親近感啦。

「我心中浮現了各種想像，覺得往後就會開啟少女漫畫中那種閃亮亮的世界。應該會是我心繫著他，他滿腦子也都想著我，甚至還會賭命保護我。」

也太極端……

註4：發音近日文中「你覺得寂寞嗎」。

我都能想像得到定本經歷的辛勞了。不過，定本跟最原交往的時間似乎非常短暫，或許沒有吃太多苦。這樣啊……也就是說，以後一手承接下那份辛勞的人是我啊……

「但是，定本在沒有任何一點戲劇化的狀況下過世了。」

最原這麼說時，表情沒有一絲動搖。

而我也只是靜靜地聽著。

「定本過世的時候，我知道自己期望的世界不會再出現了。戀愛、戀人，與人相愛。我無論如何都想實現這個願望。」

廣告的影像一時中止。

影廳內被寂靜包圍了一瞬間。

當廣告再次開始播放時，最原也接著說了下去。

「於是，我就想做一部可以重現定本人格的電影。」

重現人格的電影。

《AMRITA》。

接下來她所說的，就是我參加電影拍攝之後的事情了。製作電影、完成《月之海》，以及我發現的真相。全都是已知的事情。

但我還是想誠摯地聽最原將這一切對我明說。畢竟我現在是最原的男朋友，如果這樣能讓她的心情放鬆一點，也是好事。

最原繼續說下去：

「所以我就想，現實中沒有拍攝時的安排，這個世界充斥著偶然，如果不動點手腳，就沒辦法做出戲劇性。」

我看向她。

「所以我做了《AMRITA》，而且很快就完成了。這不是太困難的事情，所以就算只有我一個人也能順利做完。然後，我將完成的《AMRITA》給某個人**看了**。」

我，看著她。

什麼？

她說什麼？

她剛才說了什麼？

她是說自己一個人做了《AMRITA》？

不，更重要的是。

她說將《AMRITA》……

給某個人看了？

「那個人成為定本了。當然只有人格的部分而已。只是說話方式、思考方式跟生活方式產生了改變，原本的記憶也在，因此那個人也不覺得自己就是定本。然後，我邀請那個人一起拍電影。我想透過一起拍電影的過程，加深彼此之間的感情。因為這本來是我想跟定本一起做，卻未能完成的事。」

什麼？

她到底在說什麼？

我努力絞盡腦汁。

得跟上她說的話，得趕緊追上才行。

「電影拍攝得很順利，我覺得我跟第二位定本相處起來還滿融洽的，在那個階段應該也可以開始交往吧。但這樣還不夠。若不是我心繫著他，他滿腦子也都想著我，甚至還會賭命保護我就不行。所以，我才會做這次的演出安排。」

等一下，我還沒跟上。

拜託別再講下去了，暫停一下，就算只有一分鐘也好。

然而，我沒辦法插嘴介入。

我只能繼續聽下去。

「首先，要讓你看到假的《AMRITA》分鏡。你來到我房間時，應該有看到吧？因為我就放在容易看見的地方。」

最原若無其事地這麼說。

她說假的分鏡。

她說得太若無其事了。

「接著，在完成《月之海》之後，就讓你自行推理了。我希望可以透過讓你知道靠影像能做到什麼程度，再讓你連結起《月之海》跟假《AMRITA》的關聯性。為此會需要很多提示，所以我就去給你提示了。雖然對變裝有點不安，看來沒有問題呢。二見，你比較喜歡我戴眼鏡嗎？」

沒錯。我之所以會發現《AMRITA》的祕密……

篠目合歡。

她自稱西醫大醫學系的研究生，並讓我看了最原的電影，我也跟她一起去了西醫大附近的旅館。

仔細想想，她沒有對我出示過任何她是西醫大研究生的證據。

「接著你就用假的分鏡，做出了假的《AMRITA》。我將所有細節都標上去了，製作上應該不會有什麼問題才是。」

我自己一個人就有辦法剪輯出《AMRITA》的理由。

因為每一幕都詳盡地以影格為單位寫滿了筆記，而一般的腳本分鏡不會寫到那麼細。

我只要遵循那些數字進行剪接就好了。

這也是……就連這也是……

「做好這一切準備的結果，第二位定本就為了保護我，打算連自己的人格都犧牲掉。事情就是這樣，二見。」

我開始思考。陷入思考。一再思考。

我不要思考。不願思考。明明就不想思考。

她的這一番話。

還有我至今做的事情。

我。

我？

是我嗎？

我，二見遭一——

已經不存在了嗎？

已經死了嗎？

我明明就在這裡……

卻已經死了嗎？

這種事情……

為什麼？

為什麼最原要跟我說這種事呢？

她看著我，露出淺淺的微笑。

「就是這個。」

最原說了。

「我最後就是想看到這個。二見的這個表情。當二見得知自己賭命去愛的人，其實‧‧‧已‧‧‧經‧‧‧殺‧‧‧了‧‧‧二‧‧‧見‧‧‧時‧‧‧的‧‧‧表‧‧‧情‧‧‧。」

我已經無法理解她在說什麼了。

她的眼神閃閃發亮。

而且還是至今最耀眼的模樣。

「啊啊……太厲害了……我本來以為只要蒐集到一定程度的情報，未知的排序也能夠表現出來……但這真的太棒了……這種立體感……蘊含了超越人類極限的情報……」

最原直直盯著我的臉這麼說。

我。

我。

「費了好一番工夫，果然是值得的呢。」

她這麼說完，便全身放鬆，吐出一口長長的氣。

「二見，謝謝你。你給我帶來了超乎我所追求的東西。」

最原這麼向我道謝。

她面帶微笑。

看起來好像很開心。

能看見她的笑容，我也覺得很高興。

如果這不是拿二見遭一的性命換來的，我會更欣喜。

我想對最原說些什麼，但我不知道我打算說什麼，我也不知道究竟想對坦言殺了自己的人說什麼。然而，我卻覺得什麼都好，就是得說點什麼才行。

可是話又說不出口。

明明張開了嘴卻說不出話來。

即使如此，我還是拚命地想要說些什麼，因而發出了不成聲的顫抖。

最原發現我這樣反應並說道：

「二見，或許你也知道，帕爾斯電影院是可以包場的。以這間2號廳的午夜場時段來說，兩小時的費用是五萬八千圓。」

我猜不到最原想說什麼。

也就是說，現在這裡是包場狀態嗎？所以才會沒有其他人嗎？

這個瞬間，我發現了。

電影院有提供包場。

包下一個影廳之後可以做的事情。

「接下來要請你看的，是我拍的電影。」

如果是在包場的影廳，就能隨意播放喜歡的電影。

「剛才播放的那些廣告是我已經處理過的影像，所以正確來說，已經開始播映了。」

老舊麻將館的廣告、已經倒閉的保齡球場廣告。那些也全都是最原做的。

我已經看了。

我不經意看了。

然後最原……

天才最原最早，可以透過電影做到任何事情。

我渾身使力，應該說我想渾身使勁。

但能夠使力的就只有脖子而已。脖子以下就像是沒有感覺，腳不能動，手也不能動，就連手指也動彈不得，彷彿被看不見的線縫在電影院的座位上。

我只能轉動脖子，看向坐在身旁的她。

最原臉上的微笑已經褪去，她現在的表情跟平常一樣睜著大眼，卻不是看著螢幕，而是望向虛空。

在用髮夾左右分開的瀏海之間，可以看見最原睜著的大眼，像是什麼都沒在看，卻也像是什麼都看在眼裡。

我早就知道了。

我早就知道她這樣的表情。

當最原露出這種表情時，就是在思考。

接著，過了短短二十秒左右的沉默之後。

最原面朝向我。

「二見。」

並說道：

「美麗的線一層又一層地編織之後，就會成為一個美麗的編織物。那麼，將美麗的編織物保持原樣當成線，再一層又一層地編織之後，究竟會變成多麼美麗的編織物呢……」

最原她，這麼說道：

「二見，你要不要就這樣繼續參加下一部電影呢？」

殺了二見遭一的她這麼說道。

我還說不出話來，就連一根手指也動彈不得，能動的只有脖子而已。

然而，我現在連脖子也動彈不得了。

無論任何事情，我都不明所以了。

我甚至不知道要答應最原的請託，還是拒絕她比較好。

我。

感到懼怕。

「也是呢。」

最原的語氣聽起來覺得有些遺憾。

持續播映的廣告影像在不知不覺間結束了。接著播出黑色的影像。

嗚響環繞整個影廳。

在播預告之前也嗚響過一次了，一般來說不會出現兩次。

「是我事先拜託他們的。」

最原說道。

這個理由我馬上就知道了。因為只要一聽到嗚響，我的頭就會面朝螢幕，我的眼晴也會緊盯著螢幕看。

「這部電影……」

最原的聲音在耳邊響起。

「是我為了讓你開心而做的，專屬二見的電影，也是我送給你的禮物。」

那聽起來簡直就像……

「請你在看了之後……」

電影的聲音一樣。

「忘了這一切吧。」

我不知道自己接下來會變成怎樣。

若是聽信最原所說，那我應該會將這幾天發生過的所有難忘之事，全都忘得一乾二淨。

應該只會變回以前那個一無所知的我吧。

即使如此，唯一能夠肯定的，就是我這個人類的連續性中斷了吧。

電影即將開始。

想必就連這部電影，我也會忘記吧。

如此一來，是不是不管看過幾次都會覺得感動呢？我不禁茫然地猜想著這樣的事。

最原在這之後會怎麼做呢？

我在這之後會變成怎樣呢？

這部電影在這之後又會是如何呢？

現在的我，內心滿是費解的疑問。

但我只明白一件事。

這部電影，一定相當有趣。

THE END

後記

在某些事情之後寫下後記的我，知道在那之前發生了什麼事情，可說是理所當然。以前我是在寫完一本小說之後，寫下了這麼一句話，然而在不知不覺間，現在已經寫完六本小說了。回頭看原稿時，發現我寫了自己是神這種話。當時的我，究竟是在寫些什麼啊？

已經過了許久的現在，我再次回顧了本書這個關於「電影導演」的故事。

故事中影片出租店的店長，將導演定義成綜觀全場，並且控管的人。導演也有著監督的這層意義，無論是「監」還是「督」，都有觀看、監視的意思，因此在我筆下會讓人不禁覺得「這個人一直觀察得很仔細」……而且店長下的定義，大致上來說也有正中紅心。因為同時都有監視的意思，不會只是看著，而是會對於看到的東西做出一些反應，這部分則是比較符合控管的解釋。

所謂的控管，是將事情一分為二的行為。仔細觀察一個模糊的區塊，並看穿它並不是只有一個，再從中拉出一條線，明確地分出A與B。這樣的舉動我們稱之「判斷」。

本書中登場的導演，做出了幾種判斷。

這裡頭包含了會給他人造成麻煩的事，甚至還有讓人覺得不能由人類做出判斷的事情。但到頭來，那些也都不過是衍生出來的判斷。現在想想，既然接受了一開始的判斷結果，就沒有不去做的選擇了。

那個人一開始就做出了「拍電影」這個判斷。

所以，那個人一定就是電影導演了吧。

自從初版（此處指日本發行狀況）發行之後，至今的這十年當中，我從來沒有想像過會出新裝版，而且也受到非常多人的照顧，甚至都要讓我誤以為大半人類都是相關人士了。非常感謝跟十年前初版時一樣，替我畫出非常棒的電影導演的森井しづき老師。在這十年當中都沒有對我感到厭煩，一路陪伴至今的土屋智之責任編輯跟現任平井啟祐責任編輯，還有在第九年時對我感到厭煩的第一任責編，也就是電擊文庫湯淺隆明總編輯。

同時也對做出閱讀本書這個判斷的各位讀者，致上我由衷的感謝。

野﨑まど

輕文學 Light Literature

當真相揭露，極致之作完成，
——神將降臨！

2 終結於 2

野﨑まど / 著　　蘇文淑 / 譯

第一次接觸《2》的劇本，數多整整兩天被攫住心神，不眠不休地讀著。異樣的體驗讓他確信，《2》不是一部普通電影。但電影開拍後，身為男主角的數多在片場讓導演頻頻喊卡，因而依照指示去上「演化論」課程。看似與拍戲完全無關的安排，其實暗藏《2》的精髓？

定價：NT$200/HK$60

「この世で一番面白い小說はなんでしょうか」

「何謂全世界最有趣的小說？」

「當你讀過這本小說，就再也回不去了。」

この世界に戻れないような、

そういう小說なんだ。

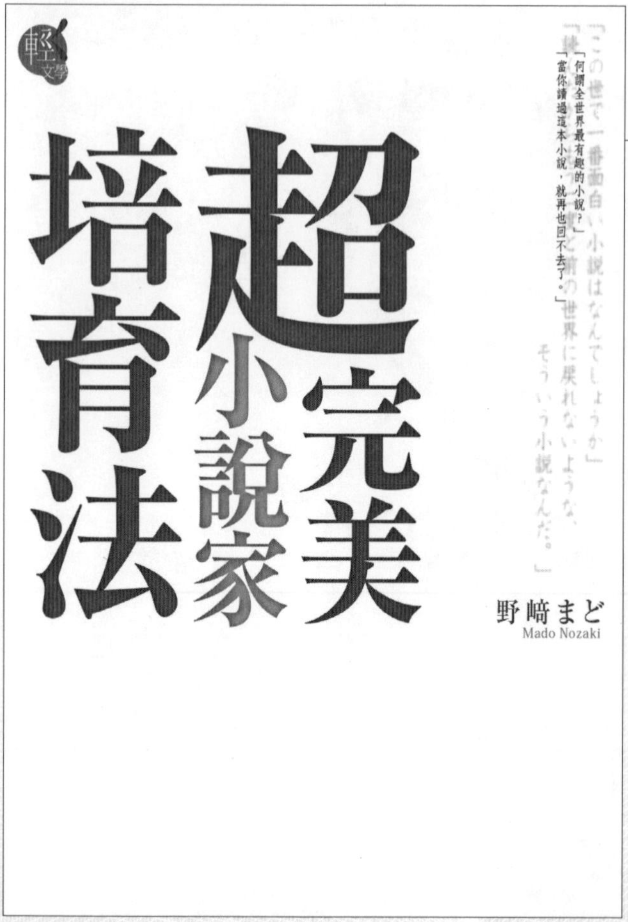

想要閱讀超越一切的小說，
就需要能超越一切的作家──

野﨑まど
Mado Nozaki

超完美小說家培育法

野﨑まど / 著　　林星宇 / 譯

新人小說家物實收到人生第一封粉絲信，一位名為紫依代的女大學生，聲稱自己腦中有「全世界最有趣的小說」點子，並希望物實指導她寫出小說，但在小說課中，紫顯露出種種異狀──直到一名裝扮奇特的女子找上物實，他才知道，異狀背後隱藏的真相遠超乎他的想像……

定價：NT$220/HK$68

國家圖書館出版品預行編目資料

(影)AMRITA/野崎まど作；黛西譯. -- 一版. --
臺北市：臺灣角川股份有限公司, 2021.12
面； 公分
譯自：[映]アムリタ. 新裝版
ISBN 978-626-321-061-5(平裝)

861.57 110017763

[影]AMRITA
原著名＊[映]アムリタ 新裝版

作　　者＊野﨑まど
插　　畫＊森井しづき
譯　　者＊黛西

2021年12月22日　一版第1刷發行

發 行 人＊岩崎剛人
總 編 輯＊呂慧君
主　　編＊李維莉
美術設計＊李曼庭
印　　務＊李明修（主任）、張加恩（主任）、張凱棋

台灣角川

發 行 所＊台灣角川股份有限公司
地　　址＊104470台北市中山區松江路223號3樓
電　　話＊（02）2515-3000
傳　　真＊（02）2515-0033
網　　址＊http://www.kadokawa.com.tw
劃撥帳戶＊台灣角川股份有限公司
劃撥帳號＊19487412
法律顧問＊有澤法律事務所
製　　版＊尚騰印刷事業有限公司
I S B N＊978-626-321-061-5